U0028711

家裡蹲
吸血姬的鬱悶
小林湖底
illust：りいちゅ
Hikikomari the Vampire Countess no Monmon
11

[0] 序章

我覺得我的腦袋好像快爆炸了。

就在這一刻，在我的眼前，放了一張從筆記本上切下來的書頁，上面寫著「殘存課題列表」。身為七紅天大將軍黛拉可瑪莉・崗德森布萊德應該要做的事情都整理完寫在上面了。並不是寫說要去哪裡的哪間店吃蛋包飯，或者是在今天以內寫個幾千字的小說內容，都不是那些日常瑣碎的事情。而是看起來更加認真、更加麻煩的那種。

那上面寫著絲畢卡的事情、常世的事情、星砦的事情、愚者的事情，還有媽媽的事情——除此之外更是記載了好多好多的課題。害我都不由得想要大叫了。

「——要思考的事情也太多了吧!?」

「有些工作甚至是放著不管還會死掉的那種。尤其是天文臺和星砦，這兩方面可無法忽視，畢竟那幫人都會為了殺掉可瑪莉大小姐而賭上性命。」

「為什麼那些人那麼喜歡戰鬥啊?我都快煩死了,就用廚藝對決之類的來決勝負就好啦,例如規則可以定為做出最好吃蛋包飯的人獲勝。」

「那麼可瑪莉大小姐很有可能會被拿來當成蛋包飯的食材。」

「妳也該跳脫那種野蠻的思考模式了吧!!」

「總之——可瑪莉的心情,朕很能體會。」

有個少女在說話時將茶杯放到桌子上,坐在我對面的她開口如此說道。

她身上穿著豪華的洋裝,還有一頭如月亮般皎潔的金髮,再加上桀驁不馴、膽大包天的眼神。

這位就是姆爾納特的名產之一,變態皇帝卡蕾·艾威西爾斯。

「有逆月,再加上天文臺、星砦——不管是哪個恐怖組織,都跟拉貝利克王國的那些動物水平差不多,一樣很野蠻。若是能夠用談話溝通來解決問題,朕也覺得那樣是最好的,但若是想要把這幫人通通弄上談判桌,首先必須得和他們動手打上一場。」

「可惡……這個世界就快完蛋了……」

感到鬱悶的我將方糖放入紅茶中。

這裡是姆爾納特宮殿的客房。

難得有這麼一天休假日,這個皇帝卻突然把我叫過來。一開始我還緊緊抱住海

© riichu

豚抱枕，打算徹底無視這一切，可是我卻遭到威脅，威脅的內容是：「十分鐘以內不過來，我就傳送過去親妳。」害我不得不照辦。

後來我就跑到宮殿來了，結果對方交到我手中的，正是這個「殘存課題列表」。看來那個皇帝是想要逼我像匹拉馬車的馬一樣，為她工作賣命。

可是她用不著像這樣特地提醒我，我覺得我自己也是有自覺的。在常世那邊累積的經驗，成了讓我心靈成長的轉機。再說我也已經和絲畢卡跟芙亞歐約定好了，只要是在我能力所及的範圍內，我什麼都願意做。

但這個跟那個是兩碼事，我還是想要有休假時間。

因為人是需要定期補眠的。

「在這個列表之中，朕最重視的就是尤琳的行蹤。只要能夠找到那個吸血鬼，或許就能找出突破眼前困境的良策也說不定。」

「陛下，那您可知目前可瑪莉大小姐的母親跑到哪裡去了嗎？」

「說起來真是一言難盡啊。」

皇帝將雙手優雅交疊放到胸前，視線挪向上方。

「那個基爾德．布蘭已經給了我們某種程度的情報了。聽說尤琳在另外一個世界集結了名為『滿月』的傭兵集團，一直在跟星砦作戰，但是她又透過某種手段前往另外一個世界——也就是第三世界，好像跑到那邊旅行去了。」

「她可能一直在追蹤逃跑的星砦。根據基爾德．布蘭小姐帶來的情報顯示，原本充斥在常世中的瘴氣都消失了，這或許是她的功勞。」

「那傢伙真的很愛多管閒事。她從以前就是這樣，魯莽得很，完全都沒在管情報交換這檔事。都不知道朕為此吃了多少苦頭……不過這也算是她特別有魅力的地方吧。」

另外還有一件事，那就是薇兒跟納莉亞好像在拉米耶魯村見過媽媽了。

我聽了覺得好羨慕，可是那個時候我被絲畢卡綁架，所以也不能怎麼樣。再說仔細想想，媽媽拜託我做的事情，我都還沒做好。若是不能先將六國統一，我就沒辦法抬頭挺胸和媽媽重逢——我是這麼想的。

但是站在家人的立場上，我還是會很擔心她啦。

但我總覺得如果是她，就算跑到第三世界，依然還是能夠游刃有餘地殺遍天下無敵手。

再說絲畢卡應該也已經去那裡了，搞不好她們兩個人會相處融洽也說不定啊。

「目前還找不到前往第三世界的通行手段，不僅如此，就連該先調查常世的事，我們都無從著手。不管我們再怎麼調整，搜索尤琳的任務依然還是只能容後再議。」

「這大概會變成『殘存課題列表』的最後一項待辦事項吧。」

「對，原本是想說好不容易有機會重逢，心裡還覺得雀躍……但這也是逼不得已的選擇，那朕就代替尤琳好好疼愛可瑪莉吧。接下來要不要兩個人一起去洗三溫暖啊？」

「不要。」

「哇、哈、哈、哈！像這樣對朕冷處理的部分，也跟尤琳很相似呢！——總之那些都先姑且不談，按照目前的現實狀況來看，可瑪莉妳也沒什麼能做的事。若是那些恐怖分子打過來，自然是需要妳傾盡全力作戰，但除此之外，具體來說卻沒什麼需要妳去做的。」

「咦？是那樣啊？」

「因為可瑪莉妳的職責基本上就是負責搞破壞。現在從各個方面來說都還在調查階段，還沒有出現應該要破壞的對象。」

居然把別人當成破壞兵器看待。我跟第七部隊那幫人可是不一樣的啊。

可是我心中卻出現一股難以名狀的高昂感。

沒事情好做。那就等同「可以休假」。在常世那邊，陸陸續續遭遇激烈的戰鬥場面，看樣子現在時機總算到來了，可以讓我好好發揮家裡蹲的真義。

「是、是喔！那就沒辦法了呢！我個人是很想為了世界和平粉身碎骨努力，但既然沒什麼事情好做，就讓我來養精蓄銳一下吧！」

「可瑪莉大小姐，您頭頂上亂翹的頭髮在跳動起舞了喔。」

「眼下最大的疑慮事項是『調查常世』，以及『調查恐怖分子的動向』，這些朕都已經派給海德沃斯和貝特蘿絲去負責了。可瑪莉妳不需要擔心這方面的事情。」

「說得對！貝特蘿絲跟海德沃斯都是老練戰將，所以不用擔心這方面的事情喔！」

「可瑪莉大小姐，您那些亂翹的頭髮都已經在跳霹靂舞了呢。」

它們當然會想跳舞。

這可是休假啊，可以當家裡蹲耶。當然那個「殘存課題列表」必須得完成，但就是因為要做完的關係，才需要休養生息。若是硬要逼我工作，而且工作得太過火的話，我的腦袋可能會出問題，整個人開始手舞足蹈。

很好。既然都這麼決定了，我從今天開始就要關在房間裡放連假。

就讓我來好好享受一下室內生活吧——

可是那時皇帝卻突然丟下一顆震撼彈。

「事情就是這樣，可瑪莉妳得像平常那樣過生活。具體而言，最好是以七紅天的身分勤勉作戰。」

「啊？」

剛剛那些話就好像某個外星人在跟我講的一樣。

要像平常那樣搞戰爭？這話都讓我懷疑自己是不是聽錯了？

「先、先等一下啦！不是可以休假嗎!?」

「在說什麼啊？妳可是七紅天，去工作是理所當然的。」

「話是這麼說沒錯！雖然真的沒錯！但我還以為可以拿到遲來的春季休假……」

「哇、哈、哈！都成為社會人士了，哪有可能還享有春季休假！」

我的腦漿之中開始有一些黑壓壓的東西擴散開來。

我變得很絕望，絕望到薇兒在玩我頭上亂翹的頭髮都不在意了。

「還有一件事情，可瑪莉。現在妳正被迫站在生死關頭上。」

「那是什麼意思……？雖然我好像常常站在這所謂的生死關頭上……？」

「難道妳都忘了當初的契約嗎？七紅天每隔三個月就要跟其他國家作戰一次，而且必須贏得勝利。一旦打破了這個規矩，就會被某種魔法力量炸死了。妳最後一次在娛樂性戰爭中贏得勝利的時刻，正好是今年的一月，過不了多久就會期滿三個月。」

什麼……那是什麼東東……!?

事到如今才把那種都快放到發霉的設定拿出來是怎樣……!!

「這次能不能放過我？我在常世那邊都忙翻天了。」

「朕是真的很想為妳網開一面，但魔法會自動生效，不是朕的力量能夠左右的。」

「可是我不想被炸死啊？」

「既然如此，妳就只能在戰爭中贏得勝利。」

「嗚啊啊啊啊啊啊啊啊啊啊啊啊啊啊啊啊啊啊啊啊啊啊!!」

我當場發出慘叫聲，開始手舞足蹈起來。

好不容易有休假的機會耶！可以成為稀世賢者，沉浸在崇高的室內生活中！現在卻從天堂掉落到地獄，開什麼玩笑，犯下如此邪惡的行徑，就算被我提告也不能有怨言啊！——我在心中大肆咒罵，但現在卻不是在這裡鬧脾氣的時候。

若是沒辦法在戰爭中贏得勝利，我就會死掉。

那可不是休假沒了這麼簡單。

「該怎麼辦啊，薇兒！我不想死啊！」

「對於這樣的可瑪莉大小姐，這邊有個好消息。」

薇兒在那時從口袋裡拿出一個信封。

一看到信封上面印著拉貝利克王國的國徽，那瞬間本人脊髓自帶的敏銳偵測器就開始發出最大的警示聲。對喔，這個女僕每次跟我說「有好消息」的時候，通常都不是真的有好消息——

「——您應該感到高興。有人已經發宣戰書給可瑪莉大小姐了。」

「反正一定又是那個大猩猩吧!!好了啦，我都知道了啦，快點去把第七部隊的人都叫過來!!這次若是不好好努力一番，我可是會死的!!」

「很可惜，對手並不是哈迪斯・蒙爾基奇中將。」

「咦？」

感到詫異的我回看薇兒。

原來那個國家除了大猩猩，還有其他的將軍？

「這次的對手是莉歐娜・弗拉特中將。她似乎一直在放大話，說要把可瑪莉大小姐殺個稀巴爛。」

莉歐娜？

莉歐娜是——那個貓人莉歐娜？

我還以為經歷了常世的那場戰鬥，我們兩人之間已經萌生友情了呢？

喔對了，在這個世界裡，互相廝殺就很像是在跟人問候。那傢伙也算是戰鬥民族的一員，這次想要找我們發動戰爭，也是當成在跟人玩玩吧——可惡!!

「這樣不是很好嗎？可瑪莉！一旦娛樂性戰爭成了六戰姬之間彼此對決，那樣觀眾也會更加狂熱吧。這是個好機會，就讓拉貝利克見識一下，讓他們知道姆爾納特帝國有多可怕。朕也很期待妳帶回的土產喔，朕想要三味線。」

「而且弗拉特小姐還提出很特別的規矩，這次她似乎希望能夠辦一場三對三的娛樂性戰爭。」

「那是什麼……？」

「就是字面上的意思。要兩個國家各準備三支部隊，用這種方式來迎戰。換句話說，會變成三名四聖獸對抗三位七紅天。這上面還寫了其他許多的細部規則，那些之後再來一一確認——」

薇兒一直直視著我，嘴裡如此說道。

「那麼這次的宣戰書，您會接受對吧？」

「…………」

我根本就無法拒絕。

於是我就點頭了，那心情就很像在吃最討厭的青椒。

吸

Monmon

Hikikomari the Vampire Countess no Monmon

[1] 莉歐娜・弗拉特的起死回生

這裡是拉貝利克王國的王都。

四面八方都圍繞著大片的森林，整座都市都是石頭建造而成的。

在六國新聞中提到的「繁榮都市排行榜」中榮登堂堂的第六名（換句話說，在六國中樞都市之中排行最後一名），但對於實際上居住在這裡的動物來說，這種沒辦法拿來填飽肚子的排行榜根本就可有可無。那些動物今天也待在燦爛的普照陽光之下，過著悠悠哉哉的生活——

可是屹立在王都中央地帶的拉貝利克宮殿卻不同。

在宮殿的某個房間裡，拉貝利克王國引以為傲的剛強將軍們——「四聖獸」全員到齊，而且大家都一臉嚴肅地圍繞著圓桌。

這裡頭有大猩猩獸人哈迪斯・蒙爾基奇中將。
長頸鹿獸人德基利・馬奇力中將。

企鵝獸人莫拉潘・潘塔戈中將。

另外還有——貓族獸人，莉歐娜・弗拉特中將。

「——接下來我們即將召開四聖獸會議！今天的議題當然就是『關於拉貝利克王國好像一直被人小瞧這檔事』！」

莉歐娜在那時握緊拳頭，提高音量說了這麼一句話。

將軍們都陷入沉默，專心聽她說話。

「我想各位應該都已經知道了，拉貝利克王國是說話分量非常不給力的國家。就連在國際會議場合中，有的時候也會遭到忽視，六國新聞上面的專欄甚至還會把獸人這種種族寫得像白痴一樣。不覺得這件事讓人感到非常遺憾嗎？哈迪斯・蒙爾基奇中將！」

《……正是，我們的同胞一直被人輕視。》

當莉歐娜出聲詢問那個交叉雙手坐在位子上的大猩猩，有個聲音就直接傳達到她的腦海中。這傢伙能夠用心電感應跟人說話。

「他是那麼說的，德基利・馬奇力中將你也這麼認為吧!?」

「…………………………………………!!」

當莉歐娜問了那個像大樹般佇立的長頸鹿，對方就只回傳無聲的壓力。這傢伙沒辦法說話，不過他眼中卻燃著一把深不可測的憤怒之火。

在這個世界上，共有六個國家並存。

最近他們發現另外還有「常世」的存在，於是國家數量也隨之急遽增加，但那是另外一個世界的事情了，目前兩個世界完全沒有交流，因此不用列入考量，總而言之，這邊這個世界已經有六個既定國存在。

而在這些國家之中，從文化、經濟、軍事力量——等各層面切入考量，逐漸掌握霸權的大概就是姆爾納特帝國和白極聯邦了吧（以前阿爾卡一度繁榮興盛，但六國大戰導致政權瓦解，這才被其他國家追上。）。

而拉貝利克的影響力連這兩個國家的腳跟都搆不上。在國際會議間，時常屈居末座，拉貝利克國王就算出面說了些什麼，也會被那個共產黨書記長嗤之以鼻，最終總是落入這樣的下場。拉貝利克王國還有個響叮噹的名號，那就是「軟柿子王國」。

之所以會變成這樣，原因也已經很清楚了。一個國家的存在感往往會跟他們擁有的軍隊強度形成正比。雖然夭仙鄉也跟拉貝利克王國一樣，常被人說存在感薄弱，但那一方面是因為該國在實行娛樂性戰爭上，都不是很盡心盡力的關係吧。

「再這樣下去，拉貝利克王國會沒落的！身為四聖獸的我們必須好好努力！可是——各位請看，看看這個成績！最近一直都是屢戰屢敗呀！不對，豈止是最近，近十年來的娛樂性戰爭獲勝率都快跌破兩成了呢!?」

那些將軍一直盯著莉歐娜所準備的圖表看。

而上面記載的，正是拉貝利克王國受人藐視的理由。

「這樣下去是不行的！無論如何都一定要想辦法突破這種困境！」

《明白，所以我才要一直、對崗德森布萊德、宣戰。》

「但是打沒勝算的仗是沒意義的！蒙爾基奇中將，你不是一天到晚都被那個黛拉可瑪莉反殺嗎！這樣一來反倒像是在對外宣傳拉貝利克王國很弱啊！」

《事實、有的時候、會傷人。》

「請別硬拗！」

莉歐娜口中發出盛大的嘆息聲。那個大猩猩都沒在思考。長頸鹿也沒在用腦。那就只能讓名列六戰姬的她來動動腦袋了——才剛想到這邊……

「——那麼莉歐娜，妳有什麼對策？」

之前一直沉默不語的某位少女開口了。

她對莉歐娜投以倦怠的目光，對方是一隻企鵝，身上穿著活像企鵝配色的白黑黃連身帽裝。雖然說她是企鵝，卻跟旁邊的長頸鹿和大猩猩不一樣，她更像是莉歐娜，外貌上接近人類姿態。那模樣恰恰將獸人這種生物的謎樣生態體現得淋漓盡致。

「莫拉潘……接下來就是要找大家一起思考對策啊！」

這位是莫拉潘．潘塔戈將軍。

那個女孩大大地打了個呵欠，嘴裡發出一聲「呼哇～」，同時開口說了些話。

「這麼做行不通的啦，行不通。我們本來就是要走向滅亡的種族啊。若是被人適度看扁就能夠悠哉過生活，這樣也是不錯的嘛～」

「那樣是不行的啦！你說是不是，蒙爾基奇中將!?」

《嗯。》

「是這樣的吧，馬奇力中將!?」

「…………………………………………!!」

那隻長頸鹿也用猶如惡鬼一般的目光瞪視這隻企鵝。這兩個人還算有愛國情操，比企鵝更像樣。

可能是因為那些凶暴草食動物的目光而感到害怕的關係，這隻企鵝慌慌張張地自圓其說起來。

「既、既然是這樣，只要能夠改善拉貝利克的名聲，我也願意出手協助喔。可是從現實的角度考量，根本就找不到應對辦法啊？在娛樂性戰爭中也完全贏不了對手。太難了啦，太難了。」

© riichu

「唔唔唔……」

關於這點，企鵝說得也有道理。

雖然四聖獸都是一些精銳，卻不至於到天下無雙的地步。若是要取回拉貝利克的威信，那麼必要條件就是——打敗其他國家的知名將軍。可是那些將軍就是因為夠強才會有名，目前拉貝利克的將軍都不是那些人的對手。

「我都說沒用了，我們還是乖乖狩獵那些雜碎就好。」

「莫拉潘妳都已經連續輸五次了吧~!?現在還看不起人家，把人家當雜碎侮辱的那些對手，他們反倒會來狩獵我們，這才是拉貝利克目前的處境啊！快點快點，妳也來幫忙想，再這樣下去，國王陛下會震怒的!?」

「就算妳那麼說也沒用啊。若是能夠把黛拉可瑪莉．崗德森布萊德打倒，那其他的才有機會談。」

的確，若是能夠打倒黛拉可瑪莉，將會創造很大的話題性。

因為那個女孩可是一天到晚都在拯救世界的英雄。

她的名聲甚至有直逼往年那位尤琳．崗德森布萊德的趨勢。

不僅如此，英雄之所以會被稱之為英雄，也是有相應的理由的。

「她好像有【孤紅之恤】？有了那個，就連莉歐娜也無法破解吧。」

「嗚……的確是……那種東西就是給人很犯規的感覺啊。」

「沒錯沒錯。所以說我們只要輕鬆看待就好啦——若是太過勉強自己，對身體也不好，適度的放手才是最好的～」

沒把莫拉潘當一回事，莉歐娜忙著思考起來。

黛拉可瑪莉會那麼強，祕訣就在於有烈核解放吧。

那個東西一旦發動了，將會引發天翻地覆的奇蹟，而且對手一定會死。

如果是對付平時的黛拉可瑪莉，她是覺得還有幾分勝算。因為平常那個女孩給人感覺就是個大外行，這麼說可不是在開玩笑——

啪鏘！

就在那個時候，莉歐娜的頭頂上亮起一顆小小的電燈泡。

「——那～麼，今天的會議就到這邊啦！我來去隨便做些文書工作吧——」

「等等，莫拉潘！我想到一個好點子了！」

「咕呃呃呃，不要拉我的帽子啦！要是變長了該怎麼辦！」

莉歐娜用盡全力挽留莫拉潘。

就連大猩猩和長頸鹿也像是在納悶「發生什麼事了？」，紛紛朝這裡看了過來。

像是要回應他們的期待，莉歐娜在那時大叫。

「我們只要打倒黛拉可瑪莉就好了啊！如此一來，人們對拉貝利克的評價就會提升！」

「妳都沒在聽人講話喔？像那種怪物，怎麼可能打得倒啊。」

「哼哼，其實我呢——跟那個黛拉可瑪莉算是有點交情。」

莉歐娜在這時得意地挺起胸膛。

她還刻意忽略莫拉潘的狐疑目光——

「只要讓她同意在這次的戰爭中追加規則就好！如果是我的請求，黛拉可瑪莉應該什麼都願意聆聽。」

「規則？什麼樣的？」

「『禁止使用烈核解放』！如果是這樣，不覺得我們也有機會贏嗎？」

☆

「——事情就是這樣，在這次的戰爭中，可瑪莉大小姐不能認真起來應戰。」

這裡是七紅府的七樓。我們正待在我的辦公室裡。

身為女僕的薇兒在說這句話的時候，一副公事公辦的樣子。

畢竟這次的會議在形式上算是幹部會議，因此在房間裡的沙發上，坐滿了第七部隊的幹部們。有約翰、卡歐斯戴勒、貝里烏斯、梅拉康契、艾絲蒂爾。當然我們這次的議題都跟接受拉貝利克將軍莉歐娜．弗拉特的宣戰書有關。

這次可不是一般的娛樂性戰爭。而是三對三的團隊戰，而且還有個限制，就是「不能使用烈核解放」。

雖然不曉得那個貓耳少女是基於什麼樣的想法才會弄出這種規則，但是第七部隊那幫人（主要是卡歐斯戴勒）聽了，似乎感到相當震驚。

「——為什麼閣下的力量要受到限制!?這樣未免太蠻橫了吧!!」

卡歐斯戴勒就很像在法院審判中，明明都已經無罪推定了，卻因為給法官留下不好的印象而遭到逆轉被判有罪的被告，正用像是該名被告人才會有的神情大叫。

「想必那個莉歐娜．弗拉特是在害怕吧，害怕會被閣下的魔力燒死，變成緊緊黏在道路上的殘渣！這種亂七八糟的要求，我們沒必要答應，我們應該要用符合我們身分的形式戰鬥。」

「你是不是又搞錯什麼了啊。」

出言嘲弄卡歐斯戴勒的人是約翰，他正在吃帶骨頭的肉。

「黛拉可瑪莉身上哪會有什麼魔力。那傢伙只要像平常那樣，一直乖乖坐在椅子上就好。所有殺過來的敵人，我都會把他們燒個精光。」

「約翰……你到現在還在說那種話，真是悲哀呀。」

「啊？這句話我要原封不動還給你。你才是那個最悲哀的吸血鬼。」

那兩個半斤八兩的傢伙陷入互嫌對方悲哀的情境中，簡直太莫名其妙了。

是說約翰還不知道我能夠使用烈核解放？不對吧，為什麼還不曉得？這樣不會太奇怪了嗎？他明明在我身邊待了很長一段時間吧？

這時他瞄了我一眼，還開口說了句話。

「黛拉可瑪莉。我不會讓妳受到任何一絲傷害，妳就放心吧。那隻拉貝利克王國的貓根本就不是我的對手。」

「耶——！這是最強的給貓金幣對牛彈琴。你是最弱狂死的約翰。閣下一定在想絕對不能放心。選那個變態卡歐斯戴勒還比較好。」

「你這王八蛋說什麼啦！」

梅拉康契又被揍飛了。但這一點都不重要，只是你們別打架啦。若是七紅府這邊的設備又損壞了，那我的零用錢也會跟著消失耶。

「總、總而言之！我在這次的娛樂性戰爭中並不打算使出真本事！那股紅色的魔力——烈核解放按照這次的規則是不能使用的！就讓我坐在大本營裡觀戰吧。我的護衛工作就交給薇兒和艾絲蒂爾了。」

「遵、遵命！我會負起責任保護閣下！」

艾絲蒂爾在那個時候畢恭畢敬地敬禮，對我如此答覆。果然這孩子是第七部隊裡唯一一個有良心的人啊。假如部隊裡的五百人全部都像艾絲蒂爾那樣，那這個世界就能夠變得更和平了。

這些姑且不談——我心中總覺得躁鬱不安。

其實在這之前我都不曾和六戰姬認真起來對戰過。她們跟那個什麼隨隨便便的大猩猩不一樣，都是很強大的敵人。尤其是莉歐娜，戰鬥能力形同未知數，我不覺得自己能夠像之前那樣，用「橫衝直撞船到橋頭自然直」的方式贏過對方。

沒錯，在娛樂性戰爭中，我都還不曾直接下場作戰過任何一次。

假如莉歐娜殺到大本營這邊，那我敢說自己一定會死翹翹，這點我可是很有自信。

「……我說薇兒，這樣真的不會有事嗎？」

「請您放心。就算死了也有魔核在，會復活的。」

「或許事情就像妳說的那樣，但是……！」

「只不過——可瑪莉大小姐若是真的死了，姆爾納特帝國的士氣也會崩盤。若是未來要跟天文臺和星砦作戰，到時也許會帶來不良的影響。雖然就只是一次娛樂性戰爭，但是基本上卻不允許可瑪莉大小姐有戰敗的空間。」

「原來我處在這麼重要的立場上？」

「對，畢竟您可是下一任皇帝。」

這種說法是從哪冒出來的，我抱持強烈的疑問。

但是從各方面來說，我都想避免戰敗。

這次依然只能仰賴第七部隊暴走作亂了。我看我就像平常那樣，繼續當個徹頭徹尾的家裡蹲吧。雖然不曉得這招對莉歐娜管用不管用，但我想薇兒應該會幫忙打點好的。

就在那個時候，長著狗頭的貝里烏斯看了過來，對我說了一聲：「閣下。」

「——我突然想到一件事，那就是在之前的娛樂性戰爭中，閣下從來都沒有過像樣的戰鬥吧。」

我的腦袋要開始停擺了。

他說的根本就是我現在想到的啊。

「……嗯？是嗎——？有這回事嗎——」

「當然我也知道閣下具備天下無敵的戰鬥能力。只要見識過那股不可思議的力量——見識過烈核解放，立刻就能明白。可是那已經太過超乎常理，對我們這樣的軍人來說不具備參考價值。這次剛好是個好機會，就當是替第七部隊立個榜樣，在這次的戰爭中，我想要拜見閣下的『常規戰鬥模式』。」

「哦，哦哦。是嗎是嗎……」

喂，貝里烏斯。

你這傢伙——你這傢伙是在亂講什麼啦……!?

「這真是個好點子呢!!」

原本一直默默在一旁聽我們說話的卡歐斯戴勒突然發出一陣叫喊聲，那聲音就跟火雞沒兩樣。

「貝里烏斯說得沒錯，閣下之前在娛樂性戰爭中，一直都表現得很消極。也許閣下是有自己的崇高理念，不願意『參與低級鬥爭』，但這次的對手好歹是六戰姬。即便沒能用到烈核解放，您還是應該展現出類拔萃的武力，哪怕只是一小點也好啊！」

「先、先等等啦!?這樣會不會太突然了。」

「求求您了，閣下！我想這麼一來，第七部隊的士氣也會變得更加高漲！」

「但起碼該讓人先做一下心理準備吧。」

「您是不是有什麼不便之處？就算面臨通常性的戰鬥，閣下您應該也能展現最強大的武力，傲視群雄才對。第七部隊的成員們之所以會那麼崇拜閣下，這也是理由之一……」

「…………………………………………」

許久都沒聽過的某個魔咒字眼又浮現上來了。

——「以下犯上」。

糟了。這次真的是糟糕了。

我身為稀世賢者所擁有的生存本能開始冷靜分析。

為何我至今為止能夠在娛樂性戰爭中一路獲勝，而且都沒有死過任何一次——原因大致上可以分為兩個。

第一就是光靠部下們失控暴走就能化解一切。

第二是我們的對戰對手都只是那種靠部隊暴走就能搞定的類型。

我只要裝得像個將軍一樣，高高在上下指令就好，要讓我直接下場揮劍，就算出現天地異變，也不可能發生那種事。一般來說若只有這麼做，部下們早就起疑了——像是「我們家的大將其實很弱嗎？」那類的。

可是在這之間卻出現奇妙的奇蹟。

那就是我身上具備烈核解放【孤紅之恤】這種不可思議的特異能力，而且第七部隊成員還是在較早的階段就已經目擊到這一切了（我在想應該是對付米莉桑德發動的當下就被看見了）。因此他們對自家上司的實力深信不疑，就連我都不在娛樂性戰爭中實際下場作戰這檔事也被他們會錯意，認為我有個人原則要顧，因而「不願意參與低等爭鬥」。

可是如今這個前提即將翻盤。

因為這次對手跟先前的都不一樣，是「水平很高的六戰姬」，我不願意認真起來對戰的理由就消失了。

再加上受這次的規則禁止，害我不能依靠最終奧義烈核解放。

換句話說，我必須用我本身具備的基礎戰鬥能力來跟莉歐娜對抗。若是真的那麼做，可想而知我這具貧弱的肉體將會徹底粉碎掉——

可是那些部下都用閃閃發亮的眼神看著我。

而且很扯的是，看在他們眼裡，我好像在通常戰鬥下也超強。

若是讓第七部隊的期待落空，將會出現以下犯上的風潮。再說一旦我輸給莉歐娜，情況可能會像薇兒說的那樣，演變成「姆爾納特帝國士氣直直落」，因此我不能失手。另外就是我單純只是怕死。

「……薇兒，妳幫忙想想脫離險境的辦法吧。」

「可瑪莉大小姐只要靠自己的拳頭打敗弗拉特小姐就可以了。」

「說得也是喔。還有呢？」

「就只有這樣。」

「都沒有別的喔!?」

「要不要一起上健身房？可瑪莉大小姐運動量不足。」

「想要臨時抱佛腳也該有個限度吧！對了，我看我們還是拒絕接受這次的宣戰吧！只要跟莉歐娜說『我這天要參加朋友的結婚典禮』，她會諒解的。」

「但是世人不會諒解。因為六國新聞早就廣為宣傳，跟大家說可瑪莉大小姐和弗拉特小姐即將展開一場娛樂性戰爭。」

「那些人是從哪邊拿到情報的啊！」

「是我流出去的。」

「別做那種多餘的事情啦!!」

「反正可瑪莉大小姐是不能選擇逃跑的。因為您若是沒有在娛樂性戰爭中贏得勝利，將會按照七紅天的契約走，最後被炸死。」

我不想被炸死啊啊啊啊啊啊啊啊啊!!——雖然我很想大聲喊出這句話，但是我忍住了。

因為這裡有那些危險的部下坐鎮。

於是我就戴著冷靜沉著大將軍的假面具環顧那些部下。

「……諸位想說的，我都已經非常明白了。你們是希望在下一次的戰爭中讓我打頭陣對吧。」

「是！請您務必那麼做！」

「可是卡歐斯戴勒，你有聽過這句諺語嗎？有能力的老鷹才會把爪子隱藏起來——也就是說真正的強者是不會胡亂對外展示他的力量的。」

「我現在立刻就展開宣傳活動！現在正是讓六國知曉這個消息的時候，黛拉可瑪莉・崗德森布萊德終於要出動了，這可是一條大新聞啊！」

「喂，把我的話——」

「各班班長要讓你們自己的隊員提升強度！要是膽敢妨礙閣下的稱霸之路，就通通死刑，死刑！」

「這我知道，我們現在就開始訓練。」

「耶——！這下用不到我。閣下要大開殺戒。我已經準備萬全等著支援。弗拉特的軍備會被我炸光。期待看到閣下發揮真本領，耶——！」

「你們幾個！先等等——」

結果我連話都沒機會說完。

貝里烏斯、卡歐斯戴勒、梅拉康契這三個人已經吵吵鬧鬧地離開辦公室。我看那幾個傢伙根本就把別人的話當耳邊風。留在這邊的就只剩下一臉不知所措的艾絲蒂爾，還有看起來很傻眼，正在聳肩膀的約翰。

「他們幾個真的很白痴耶。根本就沒辦法在這場戰鬥中看到什麼啊——」

「海爾達中尉，希望你也能察覺自己是白痴的一員。」

「哈！面對這種莫名其妙的挑釁，我是不會上當的啦——反正總結起來就是要我們提供支援，讓黛拉可瑪莉可以在這場戰鬥中巧妙騙過大家，讓人們誤認她很有實力就好了吧？」

約翰在這時慢慢站了起來。

他不停轉動肩膀，同時一雙眼睛直盯著我看。

「我也會幫忙的。若是妳發生什麼事，第七部隊就完蛋了。」

「約翰……！」

我是真的覺得很感動。雖然他有所誤解，但他純粹是因為擔心我才會那樣。只要他沒有死掉，他是很強的。只要他不會死掉，將會是讓人非常安心的伙伴。

「謝謝你！幸好身邊還有你在。」

「那、那又沒什麼大不了的。反正我幫忙罩妳原本就是理所應當的。」

「才不是呢——在第七部隊裡頭，完全沒有真正理解我的人。像約翰這種能夠好好溝通的對象，對我來說是很貴重的喔。」

不知道為什麼，約翰突然變得臉紅起來，嘴裡還在小聲說些什麼。

然後他從我身上別開目光，笨拙地交叉雙手盤放到胸前。

「好、好吧！像這樣的工作，其他那些笨蛋根本做不來！為了讓妳能夠好好當個將軍，我必須成為妳的助力呀啊啊啊啊啊啊啊啊啊啊啊啊啊啊啊啊啊啊啊!?」

那時突然有一根很粗的針刺進約翰的腹部。艾絲蒂爾嘴裡發出「呀啊啊啊啊!?」的叫聲，當下還摀住嘴巴。那讓我震驚地轉過頭，結果發現薇兒擺出像是投出某種東西後的姿勢——這傢伙在做什麼啦!?

「喂，薇兒!?若是約翰在作戰之前死掉，到時該怎麼辦啊!?」

「這是在用針治療，我在想這樣能夠替海爾達中尉去除疲勞。」

「什麼啊，原來是這樣……」

我摸摸胸口鬆了一口氣。

但是約翰卻發出「呼啊啊」的怪聲，並且失去意識。

就讓他好好休息一下吧，最近他好像因為埋首訓練什麼的，一直都很賣力。

「──打擾一下，閣下，雖然詳細情況我不是很清楚，但是……」

艾絲蒂爾在這時欲言又止地開口。

「若是閣下不使用烈核解放，像這種時候好像都不是很擅長戰鬥的樣子……？」

「說得沒錯。平時的可瑪莉大小姐，那點戰鬥能力頂多跟毛長齊的長腳蚊差不多。」

「在說什麼長腳蚊啊……抱歉，艾絲蒂爾。我原本是不打算騙妳的……不對，其實我一直在騙妳。但是我沒有惡意。」

「沒、沒關係！我知道閣下擁有非常美麗的心靈，跟七紅天是很相稱的！您是長腳蚊的事情，我絕對不會跟任何人說！」

「謝謝妳，艾絲蒂爾……！」

心中感到一陣感激的我，正打算握住她的手。

就在那瞬間，薇兒用力抓住我的手腕制止我。

「現在不是在這裡跟艾絲蒂爾嬉戲的時候，我們來為娛樂性戰爭做準備吧。」

「就算妳說要做準備……我們又該做些什麼才好？應該來做肌力訓練嗎？」

「鍛鍊可瑪莉大小姐當然很重要，但這次還需要找到第七部隊以外的人來參加。或許那會是一個突破口也說不定。」

「啊……」

對喔，這次可是三對三的團體戰。只要能夠找到協助我隱藏實力的隊員，我或許就有辦法巧妙掩飾過去……！

☆

「——不好意思！那天我有事了！」

這裡是姆爾納特宮殿的露天咖啡座區。

有位美少女在我眼前一臉歉疚地低頭，看著這位佐久奈・梅墨瓦，我感覺當下的心情就好像被人推下懸崖一樣。

當我知道自己必須齊聚一些同伴，我馬上跑來找佐久奈。

因為我覺得佐久奈一定能夠體諒我的苦處。

可是現在這個結果是怎樣？我根本就沒想到她會拒絕啊？

我用顫抖的手握住杯子，將苦苦的咖啡硬吞了下去。

「——是、是喔？好吧，我想佐久奈也是很忙碌的。」

「真的很對不起。我很想跟妳一起作戰，但是……」

「對了，妳說有事情要辦是什麼事啊？」

「我要跟白極聯邦做娛樂性戰爭……」

「真是可惜呀，可瑪莉大小姐。看樣子梅墨瓦大人已經對可瑪莉大小姐感到厭煩了。」

不知道為什麼，薇兒在說那句話的時候，一臉得意的樣子。

佐久奈那時變得特別慌亂，趕緊喊了聲：「我沒有感到厭煩！」

「可瑪莉小姐可是我的恩人！怎麼可能感到厭煩呢！」

「咦？佐久奈？」

「不，我的意思是說……也不至於會感到厭煩，總而言之可瑪莉小姐無論何時都是令我敬重的人！七紅府發售的周邊商品，我全部都有蒐集！」

「是這樣嗎？順便跟妳說一下吧，下個禮拜預計要發售的『可瑪莉徽章』，我有全系列各個種類的喔。但我想梅墨瓦大人肯定沒有吧。」

「為、為什麼妳會有那個……!?」

「因為負責企劃那些商品，還有做監修的，就是我們第七部隊啊。就連在這一點上，我也比妳更加高人一等。」

「嗚…………」

「妳想要嗎？很想要對吧？只要妳宣布自己會放棄當跟蹤狂，要我賞妳一個也行。妳的行為都已經開始對人家造成困擾了吧，我之前看到崗德森布萊德家的宅邸走廊上掉了銀色頭髮，那個好像是妳的，當時我還在懷疑是自己看錯了——」

「妳們兩個在談什麼啦⁉快點聊戰爭的事情啊⁉」

薇兒在這時開開心心地對我說了句：「您請看這個，可瑪莉大小姐。」並對我亮出那些徽章。

他們擅自做一些莫名其妙的商品都已經是家常便飯了，於是我直接忽略掉。

現在更重要的是如何找到能跟我一起參加娛樂性戰爭的人。

「佐久奈怎麼可能在當跟蹤狂。現在要先考慮七紅天的事情、七紅天。既然佐久奈沒辦法參加，我們就得去找其他人……」

「海德沃斯先生和貝特蘿絲小姐好像很忙碌，聽說他們正忙著調查常世和天文臺的事情。」

「這麼說來，皇帝也曾經說過這件事呢……」

薇兒在那時「嗯」了一聲，並交疊雙手放到胸前。

「那就是說剩下的共有三個人。芙萊特・瑪斯卡雷爾、德普涅、米莉桑德・布魯奈特——每個人都是跟可瑪莉大小姐最不對盤的殺人魔。」

「咕唔唔……」

那個德普涅實在是太神祕了，讓人捉摸不透。

米莉桑德跟我之間曾經有過一段過往，所以我們兩個人的關係也有著微妙的裂痕。

另外那個芙萊特是危險人物。要說危險在哪，就是我有可能被她殺掉，所以她算是危險人物。而且前陣子第七部隊打出去的流彈還襲向正在品茶的芙萊特。當然她已經用黑暗魔法防禦掉了，可是那個時候紅茶好像潑到她的衣服上，於是她當下變得像火山大噴發一樣，張開口大吼：「黛拉可瑪莉・崗德森布萊德——!!」那模樣都被我目擊到了。

我那時立刻逃跑。從那天開始，我都沒有跟她碰到面。

可以的話，我是希望從另外那兩個人之中挑選——

「——哎呀，崗德森布萊德小姐。別來無恙啊。」

那時我背後傳來讓人熟悉的聲音。

我當下立刻動員超神的反射神經。馬上翻身躲到桌子底下，就像潛伏在黑暗中的忍者一樣，讓自己的氣息消失，藉此度過危難——可是我卻被薇兒用力拉了出來，嘴裡還「唔哇！」地發出一聲慘叫。

「喂，薇兒！若是我被殺掉該怎麼辦！」

「不會有事的。可瑪莉大小姐怎麼可能輸給芙萊特・瑪斯卡雷爾。」

「就是因為會輸，我才那麼慌好嗎！這傢伙很強的耶！在我至今為止見識過的殺人魔中，她算是最頂級的那種！」

「居然堂而皇之稱呼他人為殺人魔，好大的膽子啊……」

「呃！」

在我背後的芙萊特正在散發黑暗氣息。

糟糕了。我被薇兒牽著鼻子走，在無意識間說出那種挑釁的話。

「對、對不起，芙萊特！我並沒有把妳當笨蛋看待的意思……」

「其實那也無所謂。最近我已經知道太過在意妳那輕舉妄動的言行，其實也毫無意義。」

芙萊特在說這些話的時候，還從鼻子裡「哼」了一聲，一副覺得無趣的樣子。

咦？氣氛好像變得比較緩和了？不對，她這種反應單純只是懶得理我吧。

「芙萊特小姐，妳這是怎麼了？要不要一起喝茶？」

「佐久奈・梅墨瓦……沒想到妳還是那麼悠哉呀。」

「咦、咦咦？」

「我正在為這次的『誘拐事件』做調查，打聽一些消息。犯人應該不至於在姆爾納特宮殿內，但做地毯式搜索還是很重要的——這麼說來，妳原本好像是逆月裡的恐怖分子對吧？是不是知道些什麼？」

「我、我不曉得！要是知道，早就跟妳報告了……」

「這我也知道。妳可是獲得卡蕾大人認可的人，照理說不可能做出那樣的事情。」

那兩個人在談些什麼，我完全是有聽沒有懂。

但我嗅到一股氣息，就是這背後又有棘手的陰謀在醞釀。

說到誘拐事件，總覺得會比殺人事件更讓人疑神疑鬼，這是為什麼呢？

「對了薇兒，芙萊特在說的事情……」

「應該是在說最近發生於帝都內部的事件吧。雖然不曉得受害人是被誘拐，還是失蹤，但據說頻頻發生人們忽然間消失不見的奇異現象。雖然消失的人過一陣子又會回來，彷彿什麼事情都沒發生過，但據說他們都不記得自己去過哪裡。」

「怎麼會這樣啊……？」

「誰知道呢？因為由警察主導的搜查行動開始遭遇瓶頸，這個案子才會落到帝國軍手中。也因為這樣，芙萊特·瑪斯卡雷爾才會出動吧。」

照這樣聽來，這件事還真是讓人在意。

雖然會讓人覺得遭受的損傷不大，不過——

「——瑪斯卡雷爾大人，請問搜查行動目前進展得如何？」

「說老實話，進展困難。就算發動具備探索效果的魔法，依然沒什麼效用，我們也曾讓梅墨瓦小姐出面，透過烈核解放窺視被害者的腦袋，但是那些人全都沒保有相關記憶。照目前的狀況來看，我們可是連犯人的尾巴都抓不著。」

「原來如此，也就是說你們現在都沒事情好做了吧。」

「啊？為什麼會解讀成這樣？」

「這話說對了。」

突然有個人從芙萊特的背後冒出來。

我跟佐久奈都紛紛「哇！」了一下，嘴裡發出悲鳴。站在那裡的人是一位吸血鬼，對方戴著奇妙的面具，看起來安安靜靜的——是德普涅。

「自從我們展開搜查後，就再也沒有出現失蹤人口。一旦帝國軍出動，犯人也會變得比較慎重，這樣要掌握證據就更困難了。眼下我們陷入困局，只是在浪費時間罷了。」

「小德！妳怎麼可以把這些資訊通通透露給她們!?」

「她們也一樣是七紅天，沒什麼好隱瞞的。」

不知道為什麼，這個德普涅坐到我隔壁的位子上。

她還打開菜單，點了「A型血咖啡一杯」。

原來這傢伙也會喝咖啡呀。那她要怎麼喝呢？會不會直接把那個面具拿下來？我實在太感興趣了，就來觀察一下吧。看我盯著妳。

「像這種危險性很低的事件，交給警察就好了。還搞到出動軍隊，這就奇怪了。我們的工作可是跟其他國家的將軍交鋒。」

「小德！既然是上頭交代的工作，我們就不能有怨言。」

「但是妳剛才不也在抱怨嗎？——『我明明也想上戰場來個華麗大戰』！」

「唔！……那個是因為……」

芙萊特一臉尷尬地看著我。

德普涅沒去管這些，而是繼續說了些話。

「但是妳的心情，我很能體會。我們之所以要去叩軍校的大門，理由都是因為看過《安德羅諾斯戰記》。若是一天到晚承接這種微小的任務，累積壓力也是在所難免。」

「您的血液咖啡來了——」

「謝謝。」

這時店員將咖啡杯放到桌子上。

我興奮地看著德普涅。她將糖漿和牛奶放到咖啡裡，然後手指貼到她臉上的那張謎樣面具上——

「尤其是芙萊特妳的熱誠，簡直是非比尋常。我想黛拉可瑪莉應該也知曉了，她的姊姊就是《安德羅諾斯戰記》的作者。我們從小就看那一套小說，於是對戰遍全世界的將軍懷抱憧憬——將來的夢想就是成為《七紅天大將軍》。雖然實現夢想了，最近卻一直在幫警察擦屁股，會這麼不滿也是正常的。」

「妳、妳別多嘴啦!!」

「啊……喂！把我的咖啡還來！」

芙萊特將德普涅的咖啡搶走，還一口氣咕嚕咕嚕地喝乾。根本就沒有身為貴族應該具備的風度。可是那些也不怎麼重要就是了。

我還在想機會難得……好不容易能夠看見德普涅長什麼樣子耶！

芙萊特她在搞什麼啦！

「——好吧我承認！我現在是覺得很無聊沒錯！」

芙萊特一副怨憤無處發洩的樣子，還坐到德普涅隔壁去。

「整起事件的搜查行動暫時都沒有進展，正在遭遇瓶頸。我原本是想轉換心情，來打一下七紅天才會打的仗，可是最近有很多國家都在為常世事件做後續處理，變得裹足不前……然而這種事情去抱怨也沒用，於是我就只能盡好自己的職責。」

「既然如此——我們這邊有個提議。」

薇兒在那時一臉嚴肅地開口。

芙萊特則是用狐疑的目光瞪視著她。

「提議？該不會要說妳們打算協助調查誘拐事件？」

「最近我們將要跟六戰姬莉歐娜·弗拉特展開戰爭。妳們要不要跟第七部隊一同作戰？」

☆

莉歐娜·弗拉特回到位在鄉野間的老家。

那裡依然是平淡無奇的鄉下地方。聽說很久以前曾經因為養蠶業繁榮了好一陣子，可是最近具備生產力的人口持續移居到王都，都已經變成看上去很寂寥的寒酸村落了。

「我回來了！」

莉歐娜來到一個位於村莊外圍的房子前——那是弗拉特家，她站在前方大聲呼喊。

她每個禮拜都會透過【轉移】返鄉一次。並不是因為她們家的家訓要求她一定要回來，單純只是因為她很喜歡家人。雖然最近母親會開始帶著像在算計般的笑容說：「妳也差不多該帶男朋友回來了吧～？」讓她有點怕怕的。

「……咦？爸爸、媽媽，你們不在嗎——？」

家裡面都沒有人給出回應。

記得今天好像是休假日，但他們會不會去山上做事情了呢？

算了沒關係，她直接進去等人就好——打定主意後，莉歐娜正打算拿出她身上的備用鑰匙，就在那瞬間有事情發生了。感覺建築物內側好像有人在大動作地動來動去，鬧出很大的動靜，緊接著就突然有人從玄關「咚啪——　——!!」地飛奔出來，像是整個人從裡頭噴出來一樣。

「我受不了了啦——!!再也不想工作了————!!」

「夠了，蒂歐!!若是敢逃跑，小心我把妳的年休全部抹除掉!!」

「那種東西從一開始就形同被抹除掉了啊!!」

莉歐娜趕緊讓開一條路。

就在她眼前，有個人正嚎啕大哭地通過。

對方有著貓咪的耳朵、貓咪的尾巴，那位少女的長相還跟自己時常在鏡子中看見的臉龐一樣——

「——姊姊!?妳已經回來啦!?」

「咕呸！」

當莉歐娜跟對方搭話的瞬間，她的雙胞胎姊姊——蒂歐·弗拉特就滑倒了。有個蒼玉種少女趁機像隻獅子般飛撲過去，並對著呀呀叫大吵大鬧的蒂歐說了些話，像是「妳安分一點。」、「小心我扣妳薪水喔。」等等的，藉此脅迫她不說，還在轉眼間用繩索將她捆了好幾圈。

「呼，妳就是想逃跑才會變成這樣。」

「那是因為——！去狩獵猛獸，根本就不是記者該做的工作啊——！」

「那有什麼辦法！我們都沒獲得有趣的情報嘛！就只能拿其他的新聞來充數！」

聽人這麼一說才想到，這附近的森林裡棲息了很多凶暴的猛獸。

看樣子這兩個人是為了尋找新聞素材，才想要來這邊拿猛獸當題材。

「那樣又沒什麼關係——隨便寫一寫充版面就好了啊——反正不會有人認真看六國新聞的內容啦。」

「我們可是要忠實傳遞事實的正義記者！若是隨便寫一寫，不是會遭到世人批判嗎！最重要的是，我的個人原則不允許我那麼做！」

「我怎麼覺得妳說的話跟之前說的完全不一樣……既然如此，直接把莉歐娜的相關情報老老實實寫出來不就好了？她喜歡的食物是肉和咖哩，擅長做的事是活動筋骨，初戀對象是隔壁小鎮的艾利歐特。」

「這聽起來未免也太弱了吧!!我們難得下鄉一趟，來這種拉貝利克的鄉下地方取材，拿到手的情報卻只有莉歐娜．弗拉特的興趣嗜好!?那種東西若是不經過捏造，根本連版面都填不滿，也無法讓大眾的情緒沸騰起來呀！」

咕嚓。好像有某種東西刺中她的心。

莉歐娜在這時用力握起拳頭大叫。

「那、那個！」

「哎呦!?」

這讓那位蒼玉種新聞記者嚇了一跳。

當她看清對方是莉歐娜後，嘴角就畫出彷彿新月一般的弧度。

「——哎呀！看看是誰來了、是誰來了啊！這不正是莉歐娜．弗拉特四聖獸大將軍閣下嗎！居然會在這種地方遇到您，真是巧遇啊！」

「好、好的。妳就是姊姊的上司吧……？」

「對！就是我喔！我是六國新聞的梅露可．堤亞！其實我們以前曾經在天照樂土見過面，但是那個時候因為天舞祭的事情，鬧得人仰馬翻。這次要再度請您多多關照！」

對方用快狠準的動作遞出名片，彷彿連效果音都加上了。

這個就是姊姊常常稱之為「惡鬼」或「惡魔」的蒼玉種少女。

之前在夭仙鄉那邊還當過銀行強盜，想必姊姊對她的評價是沒有錯的。

「請、請問？妳來我們家有什麼事嗎？」

「沒事沒事，該辦的事情都已經辦完了！聽說那位英雄黛拉可瑪莉・崗德森布萊德下一次的對戰對象正是弗拉特將軍，我們才會跑到您老家這邊拜訪，多多做些採訪！我們已經獲得許多貴重又有意義的情報了！想必下一次的版面將會是非——常的充實！」

騙人。剛才明明還說「太弱」。

「那麼這次的娛樂性戰爭，再請您加油喔！願弗拉特將軍旗開得勝！」

「那個……妳不用來找我本人採訪嗎……？」

「已經從蒂歐小姐和您的雙親那邊獲得充分的採訪訊息了！那我先失陪了！」

那個梅露可當下馬上拉著蒂歐直接走人。

雖然她的姿態是那麼殷切，但是直覺很敏銳的莉歐娜卻已經察覺到了。

她覺得那個新聞記者對自己並沒有太大的興趣。

——好吧，這也是沒辦法的事情。

莉歐娜轉了個身，打算回到家裡面，但是梅露可和蒂歐在她背後交頭接耳，兩人所說的一連串對話全都進入自己的耳朵裡。

「梅露可小姐，莉歐娜本人就在這裡喔？是不是採訪一下比較好……？」

「不用了啦。我想妳也注意到了，放眼這整個企劃來看，那麼做就是錯的。大眾是想要看到黛拉可瑪莉・崗德森布萊德的活躍表現，而不是莉歐娜・弗拉特的個人情報。反正這個拉貝利克王國也不過是個任人欺凌的國家。」

「若是妳到王都宮殿說這種話，可是會被殺掉的。」

「我才不會屈服於威權體制！看我用預藏的醜聞反將他們一軍。」

「妳想怎樣都好，但可不可以不要這樣拉著我啊？」

莉歐娜總覺得胸口那邊變得很難受。

梅露可說的都是事實。

拉貝利克王國在國際間說話都沒什麼分量。雖然他們的領頭將軍莉歐娜是六戰姬之一，但能夠名列其中的理由卻很消極，是因為「剛好沒有其他合適的人選」。

但是她可不會一直任人小看。

「哎呀，莉歐娜！妳回來啦。」

此時爸爸跟媽媽出現在客廳裡，他們都是長著貓咪耳朵和尾巴的普通獸人。

媽媽朝莉歐娜露出欣喜的笑容。

「剛才有新聞記者問了我們很多事情！我們也說了很多關於莉歐娜的事情，這樣沒關係吧？」

「你們沒說什麼奇怪的話吧？」

「沒事沒事，梅露可小姐一定會幫我們寫出很棒的新聞。沒想到莉歐娜妳要在六國新聞上被做成特集，我好驚訝啊，可能是因為蒂歐賣力協助才有這個機會吧。」

媽媽那毫無心機的笑容刺痛了莉歐娜的心。

故鄉這邊的鄉親都很支持她。在村莊的入口那邊甚至掛著橫條布，上面寫著『這裡是拉貝利克王國四聖獸莉歐娜·弗拉特的出生地」，村長還開發出土產，要拿來當這個村莊的名產，名字就叫做「貓耳朵饅頭」，是拿莉歐娜當雛形製作出來的（很好吃）。

這裡的人實在是太純樸了。

拉貝利克王國一直被人瞧不起，就連莉歐娜都遭人輕視，然而鄉親們根本不知道現實狀況是那樣。而是純粹為了莉歐娜的活躍表現感到欣喜。

「莉歐娜，我做了這個喔。」

那時爸爸笑咪咪地轉過頭。

看來他剛才一直在雕刻木頭。

做好的東西是——用勇猛姿態佇立的貓耳少女？

「這是等比例的莉歐娜木頭雕像，想必會成為這個村莊裡的新象徵。」

「這、這個東西太丟臉了啦，爸爸～！」

「妳別害羞、別害羞嘛。妳可是我們村子裡的驕傲。」

就算爸爸要她別害羞，她也只覺得困擾。光是掛布條和推出貓耳朵饅頭就已經超令人羞恥了，還要拿這種東西當村莊象徵，莉歐娜敢說等那天到來，她有自信一定會羞恥到死。可是爸爸跟媽媽卻興致勃勃，現在的情況已經遠超出莉歐娜掌控了。

「下一次的戰爭，妳也要加油。但是不要太勉強自己。」

「那麼，今天妳就放鬆休息一下吧！我們還會煮妳喜歡吃的咖哩。難得有這個機會，蒂歐也能一起來吃就好了，但是那孩子好像忙於工作。」

莉歐娜覺得自己胸口中有種溫暖的感覺擴散開來。

看樣子她還是必須贏得勝利才行。

這都是為了讓鄉親們能繼續開懷地笑下去。

☆

〔拉貝利克王國對戰姆爾納特帝國——娛樂性戰爭〕

◇莉歐娜・弗拉特將軍——所屬國：拉貝利克王國。

◇莫拉潘・潘塔戈將軍——所屬國：拉貝利克王國。

◇德基利・馬奇力將軍——所屬國：拉貝利克王國。

◇黛拉可瑪莉．崗德森布萊德將軍——所屬國：姆爾納特帝國。
◇芙萊特．瑪斯卡雷爾將軍——所屬國：姆爾納特帝國。
◇德普涅將軍——————所屬國：姆爾納特帝國。

※

這天終於來了。

這天說的當然是跟拉貝利克王國展開娛樂性戰爭的那天。

我嘴裡嚷嚷著：「我不要去!!」活像隻蟬一樣，整個人抱在冰箱上，可是薇兒那傢伙卻無情地搔我癢，害我渾身乏力，之後就被她強行帶到戰場上。

這一個禮拜以來，我都在慢跑或是做些其他的訓練，用來增強體力。

但若是像這樣隨便做一做就能變得天下無雙，我也不用那麼辛苦了。

我還是得想辦法掩飾自己的實力。

「——看來這次的戰場是森林。對方指定了對他們獸人更有利的戰鬥地點。」

薇兒在說這些話的時候，眼裡四處東張西望。

我、芙萊特跟德普涅的部隊正待在茂密的草木叢中。

這一大片森林地帶都位在核領域內，地圖上記載這個地方叫做「拉貝利克之森」。正如那個名稱所述，該地帶都受拉貝利克王國管理。而且是沒有經過像樣整頓的大自然，對吸血鬼們來說，這會是非常難以戰鬥的地點吧。

「我說薇兒，這樣能贏嗎？」

「十之八九能贏。我們這裡不是只有第七部隊，還加上第三部隊跟第四部隊。我想輸掉的機率很低。但勝敗是其次，問題還是出在『可瑪莉大小姐本身能否展現七紅天應有的實力』這點上。」

「原來是這樣……但我還是有帶很多的魔法石……」

「別擔心！通通交給我就沒問題了！」

在我身旁的約翰精神抖擻地豎起大拇哥。

算我求你了，可別死掉啊？要好好保護我喔？

「崗德森布萊德小姐？妳從剛才開始就在鬼鬼祟祟做些什麼啊？」

「沒——沒有啊！我剛好在想要怎麼虐殺敵兵！」

「是這樣嗎？妳礙於身分還得虛張聲勢，真是辛苦呢。」

這時芙萊特一副狗眼看人低的樣子，對我嗤之以鼻地笑了一下。

喂，別說了啦。要是部下們開始懷疑我的實力該怎麼辦。

可是卡歐斯戴勒他們卻反過來不屑地嘲笑，卡歐斯戴勒本人甚至還補上一句：

「真是愚蠢。」

「看樣子芙萊特·瑪斯卡雷爾到現在都還在懷疑閣下的實力。就當成是熱身運動，先來把第三部隊毀掉吧？」

「沒、沒那個必要啦！芙萊特是我們的伙伴啊！」

「喔喔……！居然沒把芙萊特·瑪斯卡雷爾這樣的人物看在眼裡！閣下的眼光還真是宏大，大到都跟宇宙一樣了呢！」

啪嘰——

第三部隊的成員們因為太火大的關係，直接把樹枝折斷了。

抱歉喔。我晚點再跟你們道歉，原諒他們吧。這幫人根本就沒有體恤他人的概念。

薇兒接著「咳哼」一聲清清喉嚨，並且說了些話。

「——那些先別談了，瑪斯卡雷爾大人。這次的戰爭有個規矩，那就是『任一方的王被人消滅就算戰敗』，不曉得您對這樣的規矩是否已有體認了？」

「那是當然的。弗拉特將軍拿給我們的規則手冊，我都已經熟讀過了。」

原來是這樣喔。

這次的娛樂性戰爭跟以往的不一樣，是特別的三對三戰鬥。

但若是規矩定為「所有人都死了才結束」，就會變成長期性的戰爭，因此在三位將軍之中，會有一個人成為所謂的「王」，雙方都要想辦法取下王的首級，已經制定了這樣的規矩了。

至於在姆爾納特這邊，被選為王的人則是——

「——對我被選上的事，是有什麼不滿嗎？」

被選到的人是戴著面具的吸血鬼，德普涅。

她帶著臉上同樣都戴面具的部下們，慢慢朝我們靠了過來。

薇兒那時開始盯著掛在她脖子上的「王之鍊墜」看。

「也不是說有何不滿，我反倒更擔心。因為德普涅大人就很像是專門出來給人練等的角色。」

「我說妳，這是在懷疑小德的實力嗎？在那麼多的怪人中，她明明是為數不多的正常七紅天，妳卻……」

「其實這樣也好，反正妳跟妳的部隊更想上前線出出鋒頭吧。」

「什麼……拜託別把人說得跟戰鬥狂一樣！」

這話讓芙萊特紅著臉逼近德普涅。

我好想當王。感覺好像能被大家保護。

「總而言之，妳們只要盡情發揮就行了。尤其是那個黛拉可瑪莉，她還必須履行七紅天契約。我只要待在大本營那邊，我軍就不會戰敗，放心吧。」

「我們可以相信妳嗎？」

「我的凝血魔法不管遇到什麼樣的敵人，都能夠粉碎掉。」

德普涅語畢一臉得意地揮動手中短刀，並發出「咻咻」的聲響。

好厲害。感覺好強。

「——總之只要交給小德，一切就沒問題了。另外還有一件事，那就是對方那邊的王還不知道是誰。但是規則上有說，王要把鍊墜戴在顯眼的地方，所以一看就知道是誰。按照我個人的推測來看，我覺得很有可能是莉歐娜・弗拉特將軍。」

「來吧閣下！我們這就來去獵貓吧！」

「說、說得對，卡歐斯戴勒！我為了破壞宇宙所開發出來的魔法，終於有機會展現了！」

「你們想怎麼鬧都行，但拜託不要強出頭啊？沒有使用烈核解放的話，崗德森布萊德小姐根本就只會礙手礙腳——」

「哇——哇——哇——!!別說那種會誤導他人的話啦!!」

「可瑪莉大小姐，先別管那個，好像出狀況了。」

我正好要跳起來遮住芙萊特的嘴，薇兒卻在那時用凝重的表情望著懷錶，嘴裡還說了這番話。

「出狀況？妳說這話是什麼意思——崗德森布萊德小姐！這樣很悶熱，妳快走開！」

「距離開戰時刻，都已經過了三分鐘左右，但好像還是沒看到宣告戰爭開始的空中鳴炮。」

「喂，那個對空鳴炮早就已經打上去囉。」

德普涅接在後頭指了指頭頂上方。

我們順著她的動作看上去，結果發現藍天之上已經飄蕩著疑似是對空鳴炮留下的陣陣煙霧。

咦？完全都沒有聽到任何聲音耶？原來已經開始了？——我原本還不怎麼在意地想著這些，然後朝薇兒看了過去，就在那瞬間……

我看見一片巨大的黑影出現，幾乎都要把薇兒罩住。

發現情況不對的薇兒拿著暗器轉過頭。

隔著一片繁盛茂密的草木。

有一群巨大的野獸將整個地面踩得轟隆作響，正朝著我們衝了過來。

樹木都被撞飛了，就連吸血鬼也成群結隊地噴飛，不久後立於大軍最前方的獸人冷不防地現身。

那傢伙是在六國大戰時曾經蹂躪過城塞都市費爾的長頸鹿——也是拉貝利克王國的四聖獸德基利·馬奇力中將。

此時大吃一驚的芙萊特立刻放聲大喊。

「——我們中計了！這次的戰爭早就已經開打！」

吸血鬼們趕忙進入應戰狀態，但有人的動作比他們更快——

突如其來現身的成群長頸鹿正咆哮著朝我們突襲過來。

☆

「——看到了嗎！在這次的戰爭正式開始之前，一切早就已經在進行了！」

莉歐娜在森林裡迅速奔跑，同時高聲喊了些話。

她的目標是前往森林東部，姆爾納特的王應該就是在那裡坐鎮。

而她的那群部屬水豚則是氣喘吁吁地喊著：「請等等我們，莉歐娜大人～！」

若是現在還去管他們，那這次的作戰計畫就會做白工。

莉歐娜是這次作戰計畫的要角。

德基利·馬奇力中將會負責打頭陣，透過目視過濾出誰是王之後，有人會根據這些情報發動第二波奇襲，那就是莉歐娜要擔負的工作。

但她是覺得黛拉可瑪莉大概會當這次的王。

莉歐娜緊緊握住胸前的鍊墜，在森林裡奔跑著。

『——莉歐娜！妳做了什麼!?為什麼那些吸血鬼完全沒有動作啊!?』

通訊用礦石傳來一些聲音。

是來自人在別處行動的莫拉潘。

「在姆爾納特軍隊布陣的位置上，早就已經安插了魔法石！那是能夠讓空中鳴炮聲消除的噪音消除魔法！好在有動這些手腳，那些吸血鬼好像都錯失先機了呢！」

『咦，那樣不就犯規了嗎？』

「又不是發動很明確的攻擊，不算犯規啦！再說規則都是我們訂的！就算對方來抱怨些什麼，我們也能想辦法弄到合法！」

『不行的啦，一定不行的，一旦穿幫就會被黛拉可瑪莉殺了……！』

「那我們殺回去就好了啊！」

目前姆爾納特的大本營應該正遭到長頸鹿軍團蹂躪。

只要他們趁亂混進去打倒黛拉可瑪莉，拉貝利克王國就會贏得勝利。

她的頭腦怎麼會這麼好啊？就算當軍師也會當得很好吧？——正當莉歐娜在那裡自我感覺良好到一半，有事情發生了。這次是用來跟馬奇力通訊用的通訊礦石在發光。

「喂喂!?馬奇力中將!?」

『唔…………！唔…………！』

「咦——」

礦石另一頭回傳過來的訊息，是令人意外的事實。

對方並不是透過話語傳達。而是有股「壓力」發來了兩次。既然是兩次，那就代表——王似乎不是莉歐娜預料中的那個人在當。

那她是不是應該轉去狩獵王？

或者是為了提高名聲，而去狩獵黛拉可瑪莉才對？

幾經思量的同時，莉歐娜開始全速奔跑起來。

☆

那些長頸鹿襲擊過來了。

長頸鹿不停甩動他們的脖子，將吸血鬼全都掃開。雖然芙萊特的小隊趕緊出面迎擊，但由於事情發生得太過突然，致使她們到現在都還來不及對應。

「可惡……！竟然敢欺騙我們，膽子挺大的嘛！」

芙萊特在那時發動黑暗魔法。

一陣黑暗氣息湧現而出，集中到細劍上，之後轉瞬間就從那裡射出極粗的漆黑雷射光。雖然長頸鹿們發出吼叫聲摔倒，卻在馬奇力（一隻特別大的長頸鹿）發出咆哮聲後，又像殭屍一樣站了起來，開始轉圈揮動他們的脖子。

「閣下！危險啊！」

「咦？喔哇哇!?」

那個時候艾絲蒂爾突然衝撞過來。

呼嗡!!——我感覺在我們的頭頂上方，好像有某種東西高速通過。

這一看才發現是馬奇力甩脖子攻擊，還將立於我們背後的樹木撞個粉碎。

在艾絲蒂爾的懷抱下，我嚇到說不出話來。

糟了，這些傢伙好強。之前都是怎麼打倒他們的？——

「——可瑪莉大小姐，這邊就先交給芙萊特．瑪斯卡雷爾，我們撤退吧。」

「先等一下啦!?怎麼能把芙萊特丟在這種地方！」

「去吧。」

德普涅在那時出現於我身側。

她還拿血液做成的詭異鞭子啪嚊啪嚊地鞭打那些長頸鹿，同時對我說道：

「敵人的目的是想要趁我軍渙散，一口氣擊潰我們。恐怕莉歐娜．弗拉特和莫拉潘．潘塔戈的隊伍都已經展開偷襲行動了。但我們若是反過來先發制人，也能挫挫他們的銳氣吧。」

「那莉歐娜現在在哪裡啊!?」

「閣下!已看見大約有五百名敵軍正從西邊進軍!」

看來是卡歐斯戴勒透過空間魔法或其他的技法察覺些什麼了。

就在那時,長頸鹿甚至還開始出手攻擊第七部隊。

貝里烏斯拿起斧頭迎擊,梅拉康契發動爆發魔法,森林裡的各個角落紛紛傳來慘叫聲。就連芙萊特和德普涅也拿起武器,正在跟馬奇力中將展開殊死戰。若是我一頭栽進那樣的戰鬥中,也只是秒死而已。

「我們快走吧,可瑪莉大小姐!再麻煩艾絲蒂爾做個掩護!」

薇兒拿起暗器將那些礙事的草木通通劈開,一面如此說道。

在艾絲蒂爾的支撐下,我高聲大喊。

「妳、妳說走,是要走去哪裡呀!?不管去哪邊都是戰場吧——」

「當然是去弗拉特大人那邊!那個長頸鹿就交給芙萊特·瑪斯卡雷爾和德普涅大人,我們趕快去拿下王吧!請您像平常那樣激勵大家。」

「事情就是這樣!雖然我也搞不太清楚,但是我們出發吧!這裡就交給其他人,我們要來去討伐敵方的頭頭啦!」

唔喔喔喔喔喔喔喔喔喔喔喔喔喔喔喔喔喔喔喔喔喔喔喔喔喔喔喔喔喔喔喔喔喔——!!

可瑪莉!!可瑪莉!!可瑪莉!!可瑪莉!!可瑪莉!!

第七部隊那幫人就跟白痴沒兩樣，開始大吵大鬧起來。

我看他們八成是相信我會展現足以破壞宇宙的魔法吧。

應該不會有事吧？從各個方面來說，我應該都沒機會死吧？——當我用那樣的目光看向薇兒的瞬間，她突然用力拉住我的手，害我叫出一聲「喔哇！」。

「去吧，可瑪莉大小姐！請您先用魔法把擋在眼前的那些雜碎長頸鹿通通炸飛！」

「那種事情，我怎麼有可能辦到——」

有人在看這邊。是那些部下，他們都用亮晶晶的眼神看我。

「——那種事我一定能辦到的啊！不過是這點程度的對手，看我瞬間就像弄碎蘇打餅那樣，把他們全都粉碎掉！」

「那您就去吧，可瑪莉大小姐。就像平常那樣，麻煩您彈一下手指。」

「包在我身上！」

啪嚓！——跟以往不同，這次我確實弄出聲音了。但接下來的事情都要完全仰賴薇兒，我是不曉得會發生什麼事情啦，雖然是那樣，我接下來能走的路也只剩下一條了，那就是一旦有人叫我「動手」，我就要自信心十足地動手做某件事。

當我將手指彈出聲音後，過了一秒——

我背後發生一場大爆炸。

咦？背後？——正當我感到不可思議時，眼前又在下一秒發生了另一場大爆炸。

地面都被炸開了，那些長頸鹿消失在火焰深處，就連好幾個我軍的吸血鬼也跟著消失，我差點被爆炸帶來的風暴吹飛，那個時候艾絲蒂爾過來撐住我，嘴裡喊了聲：「閣下！」

我知道自己的心臟在狂跳，但同時也跟著放心下來。

對喔。無論何時，薇兒總是準備萬全。

這樣一來，或許有辦法連整個世界都騙倒也說不定。

接著我用那些部下都無法聽見的音量對薇兒說了些悄悄話。

「太、太厲害啦，薇兒！妳是不是像平常那樣，幫忙裝設地雷了啊!?」

「是，但有件事要跟您說聲抱歉。因為我安裝了太多，所以剛剛搞錯應該要引爆的地雷。我有馬上改爆正確位置的地雷了——」

原來如此。之所以會爆發兩次，是因為有這樣的原因啊？

「那些沒關係啦！我們趕快前進吧！」

「說得也是。雖然第一次爆發讓第七部隊呈現半毀狀態，但那也無所謂吧。」

「啊??」

我當下怕怕地轉過頭去。

這麼一說才想到。不知為何第一次的地雷是在背後爆炸的。

「——真不愧是閣下!!居然能夠放出這種雙面爆擊魔法，簡直前所未聞!!」

「「「唔喔喔喔喔喔!!可瑪莉!!可瑪莉!!可瑪莉!!」」」

在部下們的聲援下，我看向自己的背後做個確認。

橫陳在眼前的是——死屍累累的地獄景象。許多第七部隊的成員都翻白眼死掉了。我看人數恐怕有來到兩百人。而且第三部隊和第四部隊那邊也有人遭殃，死了大概四十到五十個人。

我說薇兒。

可以容許這種事情發生嗎？

「——喂，薇兒海絲!!怎麼會搞到連我方人馬都遭殃啊!!」

難得成為生還者一員的約翰正在那邊搖晃薇兒的肩膀。

但是薇兒卻裝傻，嘴裡說著：「跟我沒關係，請去問可瑪莉大小姐。」

貝里烏斯則是在這時欲言又止地開口，說了聲：「閣下……」。

「雖然這樣的魔法是真的很厲害，但是……為什麼連第七部隊的人都……」

「那、那是因為！」

我已經在自暴自棄了。

而且我也決定今天要將殺戮霸主的假面具戴到底。

「都是因為那些人動作跟烏龜一樣慢!!我都已經下令要進軍了，他們卻一直在後方拖拖拉拉的，我才會給予懲罰!!聽好了，這裡可是戰場啊!?只要稍有遲疑，就會丟掉性命喔!?像現在那些人就死了呢!!若你們尋求的是讓人熱血沸騰、心驚肉跳的爭鬥，那各位就要時常謹記在心，必須像兔子一樣，動作迅速!!」

唔喔喔喔喔喔喔喔喔喔喔喔喔喔喔喔喔喔喔喔喔喔喔喔喔喔喔喔喔喔喔喔喔喔喔喔喔——————!!

可瑪莉!!可瑪莉!!可瑪莉!!可瑪莉!!可瑪莉!!

生存下來的部下們全都陷入狂喜狀態，在那裡手舞足蹈。這樣還有辦法手舞足蹈，到底是生著什麼樣的神經。就連貝里烏斯都一臉嚴肅地回應：「原來如此……這能夠讓人有所警惕。」我原本還覺得你在第七部隊裡面算是比較正常的那個耶。

「總、總而言之!我們趕快去幹掉莉歐娜吧!若是有人膽敢遲到一秒，我就要用我的魔法將他瞬間化為森林裡的藻屑!!」

「「唔喔喔喔喔喔喔喔喔喔喔喔喔喔喔——————!!」」

於是第七部隊就開始進軍了。

我被薇兒和艾絲蒂爾拉著，跟著前往莉歐娜的所在處。

☆

「——黛拉可瑪莉・崗德森布萊德德德德德德德德德德德德德!!」

有人在大吼，她就是芙萊特・瑪斯卡雷爾。

這也不能怪她。因為黛拉可瑪莉那幫人放出來的魔法（魔法石？）為第三部隊和第四部隊帶來莫大的損害。第七部隊為了找尋其他的敵人，已經離開這裡了，就算想要去追趕他們，也因為被長頸鹿阻礙的關係，無法有所行動。

「下次再遇到你們，你們就給我小心點！看我用黑洞把你們通通壓死！」

「別那麼生氣。這對黛拉可瑪莉來說，已經是她費盡心力才能打出的作戰方式了。」

德普涅在那時透過凝血魔法劈開一隻長頸鹿，同時出言安撫芙萊特。

這些長頸鹿比想像中得更加頑強。

雖然動作遲鈍，但那些傢伙只要揮動脖子，就能夠將一堆吸血鬼輕易打飛。而且還異常耐打，就算被魔法打到翻掉，他們也能很快凹凹身體重新站起。

至於他們的力量泉源，其實一眼就能看出來自何方。

是因為占了地利之便。拉貝利克的魔核力量在這座森林裡顯得特別強大，因此比起其他的一般核領域，那些傢伙在這裡的恢復速度會更快——恐怕跟待在拉貝利克母國國境內沒什麼兩樣。

「是我小看他們了。真沒想到那種動物軍團能夠做到這個地步……」

「但好久沒有這麼熱血沸騰了。之前黛拉可瑪莉她們跑到常世去的那段期間，連娛樂性戰爭都沒有舉辦。說辦了這種活動才符合七紅天大將軍本願也不為過。」

「也對——是那樣沒錯！」

芙萊特在那時揮了一下細劍，放出漆黑的光束。

看著被炸飛的長頸鹿和樹木，德普涅在面具後方的嘴角向上彎起一個弧度。

夭仙鄉的魔核已經壞掉了。

當然那些神仙就沒辦法開始娛樂性戰爭。

因此據說那個國家甚至還祭出「去除娛樂性戰爭」這種論調。

若是其他國家也追隨他們，最終娛樂性戰爭很有可能會退燒。

那麼世界就會改變——來到難以挽回的地步。

可是德普涅和芙萊特就是為了作戰才會成為軍人。

是為了維護貴族的尊嚴，或是想要讓人追捧，這樣的邪念，在她們心中找不到半分——反倒是一股純粹的戰意支撐著她們兩人走到今天。雖然以前在軍校裡面，還會有人在她們背後指指點點，說「那兩個人根本就是戰鬥狂」，但這也表示德普涅和芙萊特具備成為七紅天相應的資質。

七紅天這種職業就是要來殺敵的。

身上的血液在沸騰。唯有置身於這樣的戰場中，才能獲得那股能量。是黛拉可瑪莉讓她們有這個機會，她還得感謝對方。

「──特級凝血魔法【血脈活絡】!!」

這一招可以透過魔力讓全身的血液流動加速。

德普涅獲得了究極的身體運動能力，單手拿著短刀，在森林裡四通八達地穿梭。高速劈砍那些長頸鹿不說，還對著部下們吆喝，告訴他們：「大家可以自由作戰！」於是第四部隊的吸血鬼們就紛紛發出戰吼，朝著那些長頸鹿殺過去。

這些人早就懷抱著一身強烈的戰鬥欲望，都快按捺不住了。

在六國之中，姆爾納特帝國軍算得上是最強的軍隊。雖然第七部隊異常勇猛這點已經被人過度放大，但其他的部隊其實也懷抱著滾滾鬥志，那可是十分凶猛的。

「芙萊特。」

在加速變換的視野中，德普涅看見芙萊特正在跟長頸鹿群的領導者──德基利．馬奇力對峙。她打算過去助陣，才剛打定主意，腳便在大地上踏了一下。不，她原本是想踏下去的，但就在那時──

「什麼……！」

她的腳跟遭到凍結，身體也因此動彈不得。

這讓德普涅驚訝地轉頭。

這一看才發現背後的地面都被凍得硬邦邦的，彷彿寒冬中的道路。

「德普涅大人！那個是莫拉潘．潘塔戈的隊伍！」

聽到部下的說話聲，德普涅才終於注意到這件事。

在姆爾納特帝國軍的背後，有一道斜斜的緩坡。

在斜坡的頂端處，能夠看見無數的人影在蠢動。

那些都是身上帶著冰之魔力的企鵝。

而立於中心點的——正是拉貝利克王國四聖獸，莫拉潘．潘塔戈。

當對方發現德普涅在看這邊，她的身體就抖了一下，嘴裡還發出一聲：「咿！」

「那傢伙在看這邊……!?可是不好好努力的話，又會激怒莉歐娜跟馬奇力中將——各位，就算死了也能夠復活，大家要加油喔！」

「「呱——!!」」

那群企鵝接著便趴下去用肚子滑行起來。

這個坡道還很貼心，都已經弄得像滑雪場一樣了，上面鋪滿了冰雪。

但這也沒什麼大不了的。只要把那些企鵝通通擊落就好——德普涅原本是這麼想的。

可是她卻發現一件事。
那就是這些企鵝的背上都裝載著魔法石。
那個是——她不會看錯，那都是封入爆炸魔法的魔法石。
「要發動自殺攻擊……!?他們難道不怕死嗎……!?」
由於德普涅心中產生了動搖，使她的思考回路在那瞬間停擺。
而第一顆企鵝炸彈也在這時直擊了德普涅的小隊。

☆

我背後轟隆轟隆地響起了好大的爆炸聲響。
大概是芙萊特或德普涅在開無雙吧。
雖然很在意，但我卻必須專心處理眼前的事情——
「這、這次換水豚出動了！」
正在揮舞「魔力鎖鏈」的艾絲蒂爾高聲喊出這麼一句話。在繁密茂盛的草木後方，有一堆水豚挾著猛烈的攻勢飛撲過來。我除了發出慘叫聲，原本還想要當場蹲下去——可是部下們都在看，於是我就先呈大字型威風凜凜地站好。
「閣下！這裡沒有長頸鹿，若是您能夠用超厲害的魔法將敵人一掃而空，那就太感激了！」

卡歐斯戴勒正在用「聲爆」對付那些水豚，還對我提出強人所難的要求。

就算你對我提出這種要求，我也沒轍啊。這些水豚從草叢後方永無止境地飛撲出來。而我就只能在薇兒的保護下，像個王者般一直杵在那裡。

「薇兒，這裡都沒有埋地雷嗎？」

「這裡沒有，不可能覆蓋整個森林。」

「那這下該怎麼辦啊!?若是沒辦法用超強的魔法將他們一掃而空，部下會以下犯上啊!?」

「交給我吧！」

那個時候約翰突然緊緊地貼到我身旁。

由於距離過近的關係，害我瞬間慌了一下。

「約、約翰!?這是在做什麼!?」

「妳別管，乖乖待著就對了！——喂，大家看這邊！接下來黛拉可瑪莉要用連我都不會用的超強火焰魔法，將周遭這一帶通通燒成焦土喔！」

「焦土!?」「焦土啊，焦土！」「太好啦啦啦啦是焦土啊啊啊啊啊!!」「你們這些王八蛋可別錯過閣下立下豐功偉業的時刻啊!!」——那些部下開始吵吵鬧鬧，弄得像辦祭典一樣。可是他們吵成這樣，我也只覺得困擾。

當下我慌慌張張地轉頭看約翰。

「——喂!?我怎麼可能有那麼大的力量，還能夠把整個環境都破壞掉!?」

「這我都會幫妳搞定啦，沒問題——！妳就看著那些部下，彈一下手指吧！跟剛才搞爆炸的時候一樣！」

約翰的表情很認真，他還朝四周放眼環視。

雖然我不太懂，但我現在能夠仰賴的就只有你喔!?我的生死可是掛在你身上啊!?——帶著一顆狂跳的心，我接著轉頭面向那些部下，然後將手指對準天際，彈出「啪嚓」一聲。

「——火焰魔法【獄炎】。」

當約翰輕聲補上這麼一句話時——

「轟!!」的一聲——在我們四周的那片區域轉眼間全染成一片赤紅。

那簡直像是來自地獄的火焰。圍繞著第七部隊鋪陳開來的火焰除了將那些水豚吞噬，還轟隆轟隆地熊熊燃燒。熱風吹襲過來，就連草木也都不帶痕跡地消失了，周遭響盪著敵人的慘叫聲——

唔喔喔喔喔喔喔喔喔喔喔喔喔喔喔喔喔喔喔喔喔喔喔喔喔喔——!!

可瑪莉!!可瑪莉!!可瑪莉!!可瑪莉!!可瑪莉!!

平時常常聽到的那種可瑪莉隊呼從我的右耳進左耳出。

我驚訝到連張開的嘴都合不攏了。原來約翰還有這樣的能耐。

「準備得不錯呢。是不是事先放了塗滿魔力油的繩索？」

「那些水豚襲擊過來的時候，我趁機繞了一些繩索，到處都鋪。只要稍微點一下火，就會沿著那些繩索燒成大火——而且長在周遭這一帶的樹木都是容易燃燒的那種。可以想見燒起來的效果會比單純放火焰魔法更棒。」

「原來如此，看來海爾達中尉也是有腦袋的。」

「怎麼可能沒有啊——」

原來約翰還能夠想到這些，我好驚訝。

但是多虧有他，這次得救了。我還是要好好跟他傳達謝意。

「謝謝你，約翰！多虧有你，我才撿回一條命……！」

「喔、喔喔。只要交給我，這點小事不過是小菜一碟啦——但那不重要，重要的是妳不要過來碰我，在那邊跟我裝熟！」

「咦？啊啊，對不起。」

因為我太感激他了，一不小心就握住約翰的手。

這樣是不是不好啊。若是被人發現我在感謝他，別人可能會懷疑「搞不好閣下是借用了他的力量？」。就連約翰都紅著臉發好大的火。我好不容易才把這份功勞弄得像妳做的一樣，妳可別擅自做些有的沒的！——感覺他的言外之意是這樣。

「可瑪莉大小姐，我是不是能夠對海爾達中尉下毒？」

「為什麼要那樣!?他可是我的救命恩人——」

「——真不愧是閣下！這跟約翰放出的低級魔法簡直差太多了！」

這時卡歐斯戴勒帶著彷彿誘拐犯才會有的笑容靠近我。

於是我就瞬間切換成將軍模式。

「哈、哈、哈！是那樣說的吧！只要我上場，這點小事就等同小菜一碟。」

但這些全部都是約翰做的。

啊，約翰的手都緊緊握成拳頭狀，外加渾身顫抖了。

抱歉。你很了不起喔。我晚點會送很多謝禮給你，你現在先忍忍。

薇兒接著對我說了一句：「來吧，可瑪莉大小姐。」並拉起我的手。

「再來就只剩下那位弗拉特大人，這些水豚恐怕都是她的部下，她很可能潛伏在附近。」

「對喔，說得也是——」

就在那一刻，我好像突然聽到某個人發出了叫喊聲。

薇兒他們好像都沒發現。

我當下不經意抬頭，向上仰望頭頂——

「黛拉可瑪莉——————!!」

接著我就目睹一位長著貓耳朵的少女如隕石般墜落下來。

她看上去像要直接以這樣的姿勢將我踢死。

原來貓能夠在空中飛？——我心中抱持這段無用的疑問，同時還像根棒子似地杵在原地，約翰突然在那時喊了一聲：「危險！」將我的身體推開。

「去死吧——————！」

「咕噗！？！？」

咚嘶!!——那陣衝擊強到連骨頭都快移位。

我當下發出一陣慘叫，就這樣飛了出去。

就連那些第七部隊的成員也都跟著喊出一聲「喔哇!?」，並跌坐在地面上。

再過來我便害怕地抬起臉龐觀看。

在熊熊燃燒的火焰中。

正中央有個頭上長了貓耳朵的少女突如其來降臨——她是莉歐娜．弗拉特。而且那位少女還將庇護我的約翰踩扁，接著對我露出一抹桀驁不馴的笑。

「剛才那一招居然能夠避開，挺有一套的！可是下次我一定會幹掉妳！」

糟了。這下糟糕了。

六戰姬本人終於在我眼前現身了。

☆

到頭來，姆爾納特的王還是讓給莫拉潘去料理了。

若是沒辦法打倒黛拉可瑪莉，拉貝利克的名聲就沒辦法提升。雖然在戰爭中贏得勝利很重要，但是對莉歐娜來說，更應該優先去做的是「打倒史上最強的將軍」。

黛拉可瑪莉一直在發揮如傳聞中所述的實力。

像是設法在莫拉潘跟馬奇力中將的奇襲中突破重圍，就連莉歐娜的部下——也就是那些水豚們，通通都被一陣莫名其妙的火焰魔法收拾掉。居然想要把森林燒掉，若是有顆正常人的腦袋，照理說不會這麼打算。黛拉可瑪莉果然不是能夠用常理來衡量的存在。

唯有打倒她，拉貝利克的威信才能恢復。

為了國家、為了家人，還有為了自身的榮耀——她莉歐娜絕對不能輸掉。

「黛拉可瑪莉！覺悟吧！」

莉歐娜踢開吸血鬼的屍體跑了起來。

她身上已經加上身體強化魔法。

莉歐娜·弗拉特最擅長的戰鬥就是活用速度和力量跟人對決。獸人要變出火啊變出水的，對他們來說是很吃力的一件事，因此有很多人的應戰對策都是不停磨練與生俱來的身體機能，然後在對戰時衝過去跟人硬拚。就連莉歐娜也不例外，從小為了成為軍人，她便不停磨練自己的身手。

——啊？軍人？妳不可能變成那樣的人吧～

她的姊姊蒂歐時常如此嘲笑她。

可是莉歐娜並沒有放棄。

她不畏風雨一再鍛鍊，結果在王國軍招募考試中合格，實現夢想成為軍人。後來她又以一介兵卒的身分持續立下戰功，最終是王子欽點下令：「即日起任命莉歐娜為四聖獸!!」算是苦盡甘來。

（妳也是這樣熬過來的吧？黛拉可瑪莉。）

將軍是一個光彩照人的職業。能夠當上的人，就只有那麼一小撮。

黛拉可瑪莉肯定也是不斷努力才能站上這個舞臺。

因此她更不能手下留情。

既然這次的規則是不能使用烈核解放，那麼莉歐娜也有機會戰勝對方。

她要用這顆鍛鍊過的拳頭粉碎對手。

「去死吧——咕咊!?」

一些吸血鬼逼近莉歐娜，卻被她用拳頭一個接著一個揍飛。

然後這次換成手裡拿著斧頭的狗來襲。為什麼獸人會——在那瞬間莉歐娜的思緒差點停擺，但是她回想起來了。這傢伙是登錄在姆爾納特魔核中的狗，名字叫做貝里烏斯・以諾・凱爾貝洛。

「礙事！」

「唔!?」

當斧頭要揮到莉歐娜身上的前一刻，她就先用拳頭打中對方的腹部。

而且還趁敵人退縮的那一刻加速。緊接著又換成外觀很像枯樹的男子，還有戴著太陽眼鏡的饒舌歌手，兩人一躍而出。他們也是第七部隊的幹部。可是那兩個人對上現在的莉歐娜，都不是她的對手。

「妳這隻小貓給我站住——喔呃!?」

「耶——！——嗯？奇怪？跑去哪了？」

莉歐娜用迴旋踢踢中那個枯樹男的臉，而饒舌歌手才正要發動魔法，在那之前莉歐娜就已經來個大跳躍，飛到空中疾馳而去。那些人的動態視力完全追不上她，莉歐娜發揮出來的速度甚至足以超越音速。

但是接下來卻有不知來自何方的鎖鏈飛過來攻擊她。

是艾絲蒂爾・克雷爾。她們是曾經在常世那邊一起戰鬥過的伙伴，然而一旦上了戰場，就沒必要手下留情了。

「弗拉特閣下！首先就由我來當您的對手——」

「讓開！」

莉歐娜單手抓住鎖鏈，直接將鎖鏈扯斷。艾絲蒂爾則是放聲哀號，嘴裡喊著：

「怎麼這樣——!?」當場頹坐在地上。再來這裡就只剩不知為何大汗淋漓卻又光顧著呆站在那邊的黛拉可瑪莉，還有在她隔壁正忙著享受優雅下午茶時光的——女僕？

「——喂，薇兒!?都這種時候了，妳還在做什麼啊!?」

「做什麼？我在喝茶啊？可瑪莉大小姐也來喝嗎？」

「現在是喝茶的時候嗎————!!」

沒來由地，莉歐娜為了即將到來的戰鬥興奮顫抖。

對方這麼做並不是在小看她——而是因為對手很有自信，即便處在這樣的狀況下，還是有辦法處變不驚。那個黛拉可瑪莉果然沒這麼簡單，要用連莉歐娜都難以想像得到的行動擾亂她。

「黛、黛拉可瑪莉！雖然不知道妳們在搞什麼，但妳來跟我一決勝負吧！」

「什麼……這個、那個——」

不知為何黛拉可瑪莉說話開始變得含糊起來。

「妳、妳辦得到就試試看啊！但是妳只要從那裡朝這靠近一步，就會發生大爆炸，讓妳變成烤全貓！哇——哈、哈、哈、哈、哈！」

「!?」

莉歐娜這時下意識地緊急煞車。

她不覺得對方是在虛張聲勢。

因為對手可是引發這場大火災的當事人。

是不是有安排什麼陷阱？還是黛拉可瑪莉的魔法發射速度會快過她的瞬間爆發力？不管是哪一種都有可能——

莉歐娜開始仔細觀察黛拉可瑪莉的站姿。

她身上沒有魔力。而且也不太有霸氣。

感覺就是一個隨處可見的普通女孩子。

但就是那樣才詭異。她知道那個女孩擁有史上最強的烈核解放。烈核解放會反映出心靈的強度，即便是在通常戰鬥中，她也可能擁有出類拔萃的力量——

就在這時，莉歐娜的嗅覺帶領她嗅出令人畏懼的事實。

那就是黛拉可瑪莉身上傳來微微的戰士氣息。

雖然目前隱藏起來了，但她實際上肯定擁有很強大的力量。

「妳、妳有什麼企圖!?我先跟妳講白了，那些小伎倆對我來說是沒用的喔!?」

「小伎倆？我根本就不用賣弄小伎倆啊！只要我發揮力量，用一根小拇指就能將妳殺個半死！」

「唔……！」

該怎麼辦？可是她不能害怕，不能讓那些水豚白死。

而且最重要的是，莉歐娜身上還背負著拉貝利克王國這塊招牌。

──反正拉貝利克就只是一個任人欺凌的國家。

──大眾想要看到的是黛拉可瑪莉·崗德森布萊德如何活躍，不是莉歐娜·弗拉特的個人情報。

──請您要在娛樂性戰爭中加油喔！願弗拉特將軍能夠贏得勝利！

那個新聞記者梅露可的聲音彷彿在耳邊復甦。

怎麼能夠從頭到尾都被人小瞧。只要能夠打倒黛拉可瑪莉，整個世界也會為之扭轉。莉歐娜就是為了實現這點，今日才會踏上這個戰場。

「不管對手有多麼強大──」

莉歐娜那時壓低她的腰，開始蓄積力量。

用以粉碎一切的準備都已經做足了。

她大大地做了個深呼吸，用筆直的目光緊盯著黛拉可瑪莉。

「——我都不放在眼裡!!」

接著她猛衝出去。

這是莉歐娜所能祭出的最高速度。

所有的景色都像走馬燈一樣，從她眼前掠過。

就連她自身的視力都追不上。可是為了打倒黛拉可瑪莉，她就必須發揮這樣的力量，否則根本搆不上邊——

「——覺悟吧！黛拉可瑪莉——————!!」

「唔欸!?我的虛張聲勢已經到頭了啦，薇兒！莉歐娜殺過來了啊，該怎麼辦!?」

「現在還不到慌亂的時候。」

「就算現在才陷入慌亂也已經太遲了吧!?」

「沒問題的。剛才芙萊特．瑪斯卡雷爾已經跟我聯絡過了。就在這一刻，娛樂性戰爭似乎已經結束了。」

「咦……？」

看在莉歐娜眼裡會覺得黛拉可瑪莉似乎被她的氣勢嚇到慌了陣腳。

她怎麼能夠放過這個好機會。

於是莉歐娜握起拳頭，緊接著又蓄力凝氣，為了將對手的頭蓋骨劈開，她將拳頭高高揮起——但就在那瞬間，遠方的天空中好像有某種東西「嘶咚!!」地打了上來。

她趕緊在那一刻停下動作。

黛拉可瑪莉嘴裡則是說著：「怎麼了怎麼了!?」像隻烏龜般縮了起來，還不斷東張西望。

不過莉歐娜的聽力很好，她能聽得出來。

那個聲音是……那個對空鳴炮的聲音是——

同一時間，不知來自何方的擴音魔法將某人的說話聲擴散出來。

『娛樂性戰爭……分出勝負啦————!!』

那肯定是營運單位在對外播報。

一般而言，只要大將遭到討伐，娛樂性戰爭就會在那一刻揭曉勝負，士兵們也必須立刻停止戰鬥——換句話說，姆爾納特帝國軍的德普涅將軍已經敗給莫拉潘或是馬奇力了。

「怎、怎麼這樣——」

莉歐娜當下脫力地癱坐在地。

他們獲勝了，這點令人開心。雖然開心——到頭來她卻還是沒能打倒黛拉可瑪莉。

不，也許可以說這次是她撿回一命。

就算她繼續像那樣有勇無謀地衝鋒陷陣好了，自己難道會有勝算可言？可能性肯定是不高的。

因為黛拉可瑪莉自始至終都保持著游刃有餘的態度。

不，感覺到最後那邊，她似乎變得非常焦急的樣子，但那應該是自己搞錯了吧。

「——哇、哈、哈、哈！看樣子德普涅那傢伙失手了！」

「可瑪莉大小姐，明明就輸了，您看起來卻像是很開心的樣子。」

「哎呀太可惜了！沒辦法跟莉歐娜一決勝負，好可惜呀！」

對莉歐娜來說真的是很可惜。

魔核的光芒在那時灌注下來，原本已經死掉的吸血鬼和水豚都復活了。

得知對決結果的水豚全都欣喜若狂地亂舞，而吸血鬼們則是在大叫：「可惡——！」並氣得跺腳。

看樣子這場娛樂性戰爭好像真的結束了。

在那群部下的圍繞下，莉歐娜私底下背著他人發出小小的嘆息。

☆

這之間究竟發生了什麼——用簡單一句話來說，其實就是「德普涅死掉了」。

由於莫拉潘·潘塔戈發動奇襲，導致第四部隊陷入全軍覆沒的狀態。

因為他們萬萬沒想到對手會不惜自爆也要發動自殺攻擊。德普涅這邊的人馬曾經拚死命抵抗過，雖然成功做掉莫拉潘，但最後一刻卻還是被自爆攻擊炸個徹底，導致王之證遭到破壞。

而芙萊特·瑪斯卡雷爾一直在對付長頸鹿，沒辦法來掩護他們。等到她打倒長頸鹿那邊的頭目德基利·馬奇力時，一切都已經結束了。

於是這次的娛樂性戰爭也就此落幕，最後是拉貝利克王國這方贏得勝利。

姆爾納特帝國境內甚至發生暴動，人們發動了民運，想要將敗軍之將德普涅吊死。可是黛拉可瑪莉和芙萊特出面斥責，呼籲大家「適可而止！」，這件事才平息下來，帝都又找回了平常應有的安穩。

另一方面，贏得勝利的拉貝利克王國為此舉國歡慶。

他們許久沒有在娛樂性戰爭中贏得如此巨大的勝利。

若沒有高興成這樣才奇怪。

「唉～～～～～～～～……就差那麼一點點。」

這裡是核領域內的某個都市。下午時分，在某間咖啡廳裡。

莉歐娜・弗拉特渾身無力～地趴在桌子上。

她的貓耳朵軟趴趴地垂著，就連尾巴的動作也不像平常那麼有精神。在歡天喜地的拉貝利克王國中，她算是唯一沒那麼開心的一位。

而坐在她對面的少女——普洛海莉亞・茲塔茲塔斯基則是在翻閱報紙。

「妳看起來不怎麼開心呢。明明就贏了，難道還不高興嗎？」

「高興是高興，也挺開心的。但我的目的是打倒黛拉可瑪莉。若是莫拉潘能夠再弱一點，那我就有機會了。她平常老是在說『沒辦法沒辦法～！』，而且都沒什麼幹勁，為什麼在關鍵時刻卻那麼能幹啊～」

「妳說這種話，對莫拉潘來說未免也太過分了。她可是為了自己的祖國賣命戰鬥，甚至不惜自我犧牲啊。」

「我開玩笑的，開玩笑的啦。莫拉潘是很賣力沒錯。就連在慶功宴上，她也是『今日主角』呢。」

「對了，妳不吃鬆餅嗎？若是不吃的話，我要拿去吃了。」

「我要吃啦！才不會給妳。」

莉歐娜緊緊握住叉子，將那個鬆餅切開。

© riichu

普洛海莉亞則是喝起咖啡，嘴裡說了句：「什麼啊，好可惜。」

另外還要說一下，就是莉歐娜跟這位蒼玉種是偶爾會聚首喝杯茶的交情。之前在天舞祭上，她們曾經組隊，這成了契機，後來她們三不五時就會約出來見面。雖然兩人還算不上是朋友，但同樣身為將軍，莉歐娜能夠約來商量的對象就只有這位少女，再加上她們年齡也很相近。

「——不過話又說回來，還真是讓人惋惜呢。既然這次的規則是禁止使用烈核解放，那麼莉歐娜妳照理說有機會戰勝黛拉可瑪莉的。」

「妳是這麼想的啊？可是在通常狀態下的黛拉可瑪莉，感覺也很強呢～」

「那些全部都是在虛張聲勢。若是沒有發動【孤紅之恤】，她不過是個什麼力量都沒有的小丫頭。不過她依然保有能夠吸引他人的領袖特質。」

「啊？怎麼可能是那樣啊。就連她的部下都一直在喊『可瑪莉最強！』喔？雖然給人的感覺有點可怕。」

「妳都沒發現啊？黛拉可瑪莉一直在欺騙部下。」

「咦……？」

普洛海莉亞開始仔細詳述，告訴莉歐娜通常狀態下的黛拉可瑪莉是如何被歸類為最弱的那一方，還有黛拉可瑪莉害怕部下會以下犯上，才一直偽裝自己很有實力。證據就是在平時的戰鬥中，說起她是否曾經發揮過將軍該有的戰鬥能力——這樣的案例可是一次都沒見過。還有這次在娛樂性戰爭中，她發動了看起來像是魔法的東西，那些也都是事先安排好的——的確，聽人這麼一說，會覺得整件事疑點重重。

「——那就是說，這次簡直就是用來打倒黛拉可瑪莉的大好機會！？！？」

「說對了，但我想他們不會再次接受相同的對戰規則。」

「唔唔唔唔……！可是去逼迫沒有戰鬥能力的對手，這樣太卑鄙了……」

「沒想到妳意外地很重視公平性呢。」

「那是當然的啊！就算戰勝手無縛雞之力的黛拉可瑪莉，那也沒什麼好開心的！」

「但若是她能夠發動烈核解放，妳根本就沒有勝算吧？那可是怪物，強大到我必須認真起來對戰才能勉強對抗的地步。」

「原來普洛海莉亞妳有這麼強啊？」

「不是我強，是這個世界太弱了。」

「在說什麼都聽不懂！」

普洛海莉亞那時笑了一下，開口回道：「開玩笑的。」

那些話有多少玩笑成分，其實莉歐娜也分不清楚。但至少莉歐娜知道普洛海莉亞也是擁有烈核解放的。搞不好她具備的力量足以和黛拉可瑪莉相提並論也說不定——因為普洛海莉亞總給人一種深不可測的感覺，以至於讓人心中浮現那樣的預感。

不過呢——普洛海莉亞的事不是那麼要緊。

莉歐娜該思考的，是拉貝利克王國的事情。

雖然他們這次算是戰勝姆爾納特帝國了，但對戰過程是那副德行，能不能讓拉貝利克的威信恢復還是個疑問。畢竟決勝關鍵可是用上了自爆這種手段。搞不好那個白極聯邦的書記長又——會對他們嗤之以鼻，說些話像是：「不用動腦思考那麼多事情也是件好事。」（※言下之意翻譯起來就是「你們都是些單細胞生物」。）——

「——唔嗯。其實這方面的事情，妳也用不著想太多。」

然而那個普洛海莉亞卻對莉歐娜的煩惱毫不在意，而是在吃她的甜點百滙。

莉歐娜原本是想要奪取她的百滙，可是就在那瞬間，普洛海莉亞把之前一直在看的報紙拿給莉歐娜，還說了聲：「拿去吧。」

「這是今天的六國新聞。看妳那個樣子，應該都還沒讀過吧。」

「當然沒讀啊，這可是那位梅露可寫的。」

「先別說了，妳讀讀看吧。」

於是莉歐娜就不甘不願地看起新聞報導。

反正一定又是寫些嘲諷拉貝利克的內容吧——莉歐娜原本是這麼想的。

六國新聞 四月二十一日早報

『拉貝利克大戰告捷 動物們的大覺醒

拉貝利克王國跟姆爾納特帝國的娛樂性戰爭於二十日當天展開，地點就在核領域內的「拉貝利克之森」。結果是拉貝利克王國贏得大勝利，那和全世界的專家預測全都背道而馳。兩軍在戰爭開打後，立刻展開一進一退的攻防戰，如此戰局持續不下……（中間省略）……在這次的戰爭中，有人帶來了特別醒目的活躍表現，那就是莉歐娜·弗拉特四聖獸大將軍（十九歲）。面對「殺戮的霸主」黛拉可瑪莉·崗德森布萊德七紅天大將軍（十六歲），她是連一步都沒有退讓，祭出華麗的戰略和戰術來迎戰敵人。只可惜雙方最後沒能直接對決，然而她已充分展現強韌的戰鬥能力。拉貝利克王國境內的其他將軍也很優秀，但至今為止都未受關注，簡直令人感到不可思議。今後動物軍團的活躍表現值得期待。』

「──咦？上面都是在寫我們的好話？」

「多虧有妳做了那番努力，人們對拉貝利克的評價想必也會有所改變。就連我們家的書記長都說『那個國家不容小覷』呢。」

「是這樣啊!?」

「那個男人在公開場合中，通常不會說真話啦～」

普洛海莉亞在那時開始大口享用甜點百匯。

可是莉歐娜的視線全都定在這份新聞報導上了。

寫出這份報導的人，是那個梅露可．堤亞。

還以為她就只會寫跟黛拉可瑪莉有關的新聞報導，但這次寫成這樣真讓人想像不到，此番梅露可不正是在讚賞拉貝利克王國嗎？

雖然六國新聞是有名的假新聞製造者，但依然擁有絕大的影響力。

如此一來，也許這個世界就會明白拉貝利克的強大之處——不，更重要的是，能夠讓那個梅露可．堤亞記得莉歐娜這號人物，這才是更讓莉歐娜開心的一件事。

就在那時，她口袋裡的通訊用礦石發光了。

過來聯繫她的人是莫拉潘．潘塔戈。

「——喂喂？怎麼了嗎？」

『啊，莉歐娜？有好多單位都派人過來採訪我們～他們有許多關於拉貝利克王國軍的問題想問。光靠我沒辦法應付，想來拜託妳出面一下。』

噗滋。

莉歐娜收拾行囊站了起來。

普洛海莉亞一臉不解地抬頭看她，嘴裡發出一聲：「嗯？」

「妳怎麼了？鬆餅不是都還沒吃完嗎？」

「那個給妳了！我突然有點急事要處理！」

「那我就不客氣收下了——等等，那現在這筆帳要怎麼結啊！」

莉歐娜無視普洛海莉亞，人直接飛奔到店外。

因為她現在的心情雀躍不已。

拉貝利克王國將取回威信——此次娛樂性戰爭的目的已經達成了。

若是讓莫拉潘或王子去應付記者採訪，可能會把事情搞砸，她必須快點回去做些應對。

（呵呵呵……爸爸！媽媽！拉貝利克還大有可為喔！）

一開始莉歐娜也覺得沒什麼把握。

可是只要有她引領這個國家，那就沒什麼問題了。

拉貝利克才不是任人欺侮的國家——他們是最強的動物王國。

這裡有像莫拉潘、德基利和蒙爾基奇這樣優秀的將軍，還有其他好多好多的人才。

「——站住別跑！妳居然敢把帳都留給我結，膽子也太大了吧！這樣也配當光榮高尚的拉貝利克將軍嗎——！」

「抱歉！改天再換我請客——！」

對於在背後追趕的普洛海莉亞，莉歐娜覺得那都已經無所謂了。

她帶著滿臉笑容，從口袋裡拿出【轉移】用的魔法石。

※

另外還有一件事，那就是每隔三個月，七紅天就必須跟其他的國家開戰，而且還要「贏得勝利」。

跟拉貝利克王國軍之間的戰爭，最後是以戰敗收場，於是可瑪莉就無法逃離終將死亡的命運。發現這件事的可瑪莉原本大吵大鬧了一陣子，但那個時候大猩猩過來跟她宣戰，大概是覺得「我們要追隨同袍的腳步」，結果可瑪莉就緊急續命成功，能夠再延續三個月的壽命。然後再補充一點，那就是哈迪斯．蒙爾基奇中將才過五分鐘就被幹掉了。

這裡是夭仙鄉。

是那些能夠飛天的神仙種所居住的神祕領域。

目前因為魔核消失的緣故，這個國家陷入了困境。公主愛蘭翎子透過烈核解放【先王之導】所維繫的《柳華刀》在華燭戰爭中經歷了一番波折後，最終自我毀壞，就此粉碎掉。

魔核一旦聚集了六個，就能發揮實現願望的效果。

可是第一世界的魔核就只剩五個了。

就算透過天津迦流羅的【逆卷之玉響】也無法修復。那種烈核解放不可能干涉他人意志，換句話說，對魔核灌注的心願也不可能改寫收回。

夭仙鄉這邊再也無法期待魔核為他們帶來奇蹟。

神仙種這下必須脫離已經存續了六百年的魔核社會——

※

「天子陛下萬歲!!天子陛下萬歲!!天子陛下萬歲!!天子陛下萬歲!!」

就在我眼前，有一大堆的夭仙在那邊高喊萬歲。

那份熱度甚至不亞於第七部隊那幫人所擁有的。但與其這樣，我還寧可聽第七部隊連呼可瑪莉。被人當成七紅天崇拜就算了，如今還成了莫名其妙的「天子」，並以這種身分受人敬拜，讓我覺得超無所適從的。

「……我說翎子，這樣真的好丟人喔。」

「對、對不起！夭仙鄉這邊就是有那種傳統……！」

有個一身孔雀色的少女站在我身邊，這位愛蘭翎子正一臉歉疚地縮起身體。她會待在這邊的理由很單純，只因她身為「天子陛下的配偶」。那場華燭戰爭帶來了一個結果，就是在夭仙鄉的文書上，我跟翎子已經是結婚關係了。

這些姑且不談。

我們現在人在夭仙鄉京師的中央地帶——正處在紫禁宮裡。

而且還不知道為什麼，我成了這個國家的最高領導者，如今正立於那些臣子的面前。

我國跟莉歐娜他們的娛樂性戰爭已經告一段落，我正過著悠然自得的家裡蹲生活，這個時候卻收到一封信件——上面提到：「請妳至夭仙鄉以天子的身分帶領大家」。

寄出這封信件的，正是夭仙鄉的前任天子，也就是翎子的爸爸愛蘭奕許。

當然我是打算當作沒看見，但那個變態女僕卻一如既往地發表高論，聲稱：「這對我們征服夭仙鄉大有助益。」然後就強行把我帶過去。

而我一來到夭仙鄉，碰到的場面就像這樣。

那些官員都一臉「等您好久啦！」的表情，紛紛聚集過來，高呼萬歲萬歲萬萬歲，鬧出好大的動靜。

聽說目前夭仙鄉這邊都沒有可以領導這些官員的領導者（就連丞相的位子也空著），眼下一些政治問題早已堆積如山，卻一直沒辦法獲得妥切的處理，以上就是我聽來的消息。

所以他們非常歡迎我的到來。

但是面對這樣的歡迎陣仗，我也不知道該怎麼辦啊。

「若是真的不喜歡，妳可以跟我說。我會去說服大家，請他們不要逼可瑪莉小姐當天子。」

「但現在狀況都這樣了，還有辦法說服嗎……？話說翎子妳不討厭這樣嗎？之前妳不是說不想再插手政治方面的事？」

「確實如妳所說，但我不能把工作通通丟給可瑪莉小姐去做。」

「也對啦，若是只靠我一個人，的確很讓人擔憂。」

「不、不是那樣的！我也很想跟可瑪莉小姐在一起……」

「咦？是、是喔？」

翎子都臉紅了，於是我也跟著害羞起來。這個女孩子是我的結婚對象呢。不對，那又怎樣——我的心情變得好複雜，那個時候在我隔壁的薇兒一臉不滿地掐住我的側腹，開口說了句：「可瑪莉大小姐。」不要掐我啦。

「麻煩您不要跟翎子大人那麼恩愛。若是繼續散發那種戀愛喜劇波動，我的可瑪莉感應器將會檢測出異常，自動脫除可瑪莉大小姐的衣服。」

「為什麼會那樣啊!?再說幹麼扯到戀愛喜劇……!?」

「若是您聽不懂，那樣也好，請您快點以天子的身分跟大家打招呼吧。」

「就算妳那麼說……」

我放眼環顧那些聚集在宮殿裡的夭仙們。

他們看我的眼神都像小孩子在用閃亮雙眼看我一樣。

有個待在最前方，生著長鬍子的老爺爺上前踏出一步。

「黛拉可瑪莉・崗德森布萊德陛下，臣等都在引頸企盼您的聖斷。請您帶領夭仙鄉走上正確的道路。」

那些天仙們不約而同地向我低頭。

看樣子我已經逃不了了。再說我之前把隕石弄掉下來，對他們有所虧欠，一方面也是為了贖罪，我就只能好好努力，回應他們的期待了。於是我輕不可聞地發出一聲嘆息，然後切換成將軍大人模式，還一臉不甘願的樣子。

「——諸位！幸得各位迎接我就任成為天子！既然我都來了，各位大可放心，在天仙鄉這裡堆積已久的煩人問題，那些如頑固水漬的諸多問題，我這就立刻把它們都解決掉！你們再也不用擔心任何事情，我是個優秀的將軍，即便是成為執政者，也具備一億年來難得一見的實力！諸位就當自己已經搭上了一艘大船，專心勤於工作即可，在我能力所及的範圍內，我會設法解決一切的！」

唔喔喔喔喔喔喔喔喔喔喔喔喔喔喔喔喔喔——————!!

天子陛下萬歲!!天子陛下萬歲!!可瑪莉陛下萬歲!!

那些天仙開始如第七部隊般吵鬧起來。

我有種大功告成的感覺，抬手擦拭額頭上的汗水。

緊接著薇兒就小幅度拍手，嘴裡說著：「可瑪莉大小姐果然厲害。」

「透過第七部隊鍛鍊而來的虛張聲勢能力發揮得淋漓盡致，那些天仙們都完全被可瑪莉大小姐騙倒了。」

「哈哈哈，只要我出馬，這點小事哪有什麼難的。」
「但其實您沒必要欺騙他們。在夭仙鄉這邊，根本就不用擔心被以下犯上。」
「……啊？」
「其實只要用很一般的方式對大家說『雖然我還是會有做不好的地方，但我會傾盡全力努力！』就十分足夠了吧。還特地像這樣推出誇大不實的廣告，弄得像在詐欺一樣，一旦您的實力被人拆穿，到時會很慘喔。」
「既然會那樣，妳就應該事先跟我講啊！？！？」
害我都已經像平常那樣，硬是要假裝自己很強了耶!?
若是之後我的政權營運能力其實很貧乏一事穿幫，搞不好我真的會被暗殺啊!?
可惡……既然都搞成這樣了，就只能把那些麻煩事都推給薇兒。
我打算化身成傀儡政權的傀儡，天天游手好閒，還可以避免遭遇危險——
「——陛下！那麼現在這裡就有一些案子，懇請您立即裁斷。」
咚唰!!
就在我的眼前，有人放置了一大堆文件。
咦？這是什麼？量也太多了，都堆成一座塔了啊？
「舉凡華燭戰爭的後續處理、魔核問題，以及能夠連通常世的『門扉』營運等等，諸多事項皆有待解決，這類工作早已堆積如山。但我們是何等的幸運啊，居然能夠仰賴崗德森布萊德陛下用那出類拔萃的手腕為我們解決此事！」

「唔、唔嗯……」

「臣等都很期待，說神仙們的未來都交到崗德森布萊德陛下的手中也不為過啊。」

「…………」

那位老爺爺笑咪咪的。

我看著由這些文件堆成的高塔，同時思考了起來。

這座高塔是不是能夠透過不可思議的力量變身成蛋糕之類的？

應該不行吧。想來是沒辦法的吧。啊哈哈哈。

「順道跟您說一下，夭仙鄉這邊的工作跟七紅天該做的工作是不相衝突的。我們就取消休假，一起努力吧。」

「噗哇啊啊啊啊啊啊啊啊啊啊啊啊啊啊啊啊啊啊啊啊啊。」

我的理性炸掉了。

不知道為什麼，翎子還出面跟我不斷地鞠躬道歉，這點令我印象深刻。

☆

愛蘭翎子已經從王朝的咒縛中解放。

她不用再為了魔核削減自己的生命，也不需要為了國民，以公主的身分犧牲自己，她能夠按照自己的期望享受人生了。

她有很多想做的事情。

在這之中，她強烈希望去做的事有兩件。

第一個是開專屬於她的園藝店。也不知是不是遺傳到父親的風雅嗜好，自從翎子開始懂事後，她就很喜歡植物。在紫禁宮裡面，有好幾個庭園都是翎子經手的，她的手藝甚至還讓專門負責這類事務的官員讚道：「太棒了！」（這裡頭可能有些拍馬屁的成分存在吧。）。因此等她進入民間後，她也想從事這方面的工作。

而另一件想做的事情——則是和黛拉可瑪莉・崗德森布萊德有關。

那個吸血鬼從根本改變了翎子的人生觀。在京師架起鮮豔的彩虹，還靠一根小拇指破壞掉愛蘭朝的陋習，最後甚至徹底奪走翎子的心。

沒錯——她的心完全被那位吸血鬼奪走了。

這不是在開玩笑，是認真的。

愛蘭翎子確實是愛上黛拉可瑪莉・崗德森布萊德了。
「——我都知道。翎子妳喜歡黛拉可瑪莉對吧。」
那天天氣很晴朗。
身為她隨從的梁梅芳突然不經意說了這麼一句話。
因為這句話來得太過突然了，翎子差點把喝到一半的茶噴出來。
「妳、妳、妳在說什麼啊，梅芳……!?」
「已經很明顯了啊，翎子妳很不擅長隱藏。」
的確，搞不好旁人早就看出來了。
只要待在可瑪莉身邊，她的心臟就會狂跳到很吵鬧的地步。
梅芳的聽力很好，她肯定聽見這些聲音了。
翎子拿茶杯遮住嘴巴，一雙眼睛向上抬，就這樣望著梅芳。
「不、不要跟任何人說喔……好不好……？」
「但我想大部分的人都發現了吧。妳喜歡上黛拉可瑪莉，我是完全不介意啦，但我得一直陪在妳身邊看著，都開始替妳感到著急了呢。翎子妳太被動了。」
「嗚……也許真的像妳說的那樣……」
「之前在常世的礦山都市中，妳不是曾經跟黛拉可瑪莉相處過一陣子嗎？身邊四處都是逆月的恐怖分子，真的能夠相信的人，就只有彼此。都已經處在那樣的狀況下，怎麼會連一點進展都沒有。」

「那、那是因為我已經拚命到沒有多餘的心思管這個了。」

「好吧，也許真的如妳所說，但是妳不懂得活用機會，根本就沒機會贏。翎子妳應該也知道吧，有很多人都在爭奪黛拉可瑪莉。再說她身邊還跟著像薇兒海絲和佐久奈・梅墨瓦這種狂人。」

「可是比起我，那些人跟可瑪莉小姐相處的時間都更長……」

「妳太畏縮了，就是這點不行！而且我還聽說了，翎子妳曾經跟梅墨瓦閣下說『若是大家都不認可，要我取消和黛拉可瑪莉之間的婚姻關係也行。』，是不是說過類似的話？啊——這樣不行啦，真的不行。竟然自己親手丟掉手中的牌，妳說該怎麼辦才好啊。」

「可、可是那只是存在於紙面上的關係呀？」

「就算是只存在於書面上的關係，其實也沒什麼要緊的吧？比如說雙方關係是從一開始根本不想結的婚展開，這樣的關係還是存在的吧。我看過的漫畫，有很多都是這樣的劇情。」

原來在說漫畫的事情啊？——雖然翎子那麼想，但是她沒有說出口。

翎子非常喜歡可瑪莉。

但是她卻顧忌周遭人的目光，一直沒有踏出那一步。

也一直維持著「書面上的結婚對象」這種微妙關係，而沒有解除。

翎子總覺得這樣也無妨，否則可能會給可瑪莉小姐添麻煩。再說現在還因為常世跟魔核的事情，讓人從各方面來說都忙得焦頭爛額。

梅芳將紅茶喝光，之後又繼續說了些話。

「——妳應該知道下個禮拜黛拉可瑪莉會來夭仙鄉這邊吧？」

「咦？嗯。是父親大人把她叫過來的。」

「我們到時要執行一項作戰計畫，名字就叫『讓人對翎子萌生愛意大作戰』。」

「那、那個——我覺得還是不要做太奇怪的事會比較好……」

「但一直維持現在這樣，翎子妳也無所謂嗎!?難道不想跟黛拉可瑪莉變成相愛的關係嗎!?」

「嗚………」

她很希望能擁有那樣的關係。不，她也不曉得用「相愛」這個字眼來形容是否貼切，可是她希望能夠跟可瑪莉變得更加親密。不是因為政治聯姻而導致的事務性關係，而是在街上四處可見，感情融洽的「夫婦」關係，想要變成類似那個樣子。

「我們之後再來想作戰內容，但無論如何，我都希望能夠讓黛拉可瑪莉對翎子產生那方面的意思。翎子妳之前一直在以公主的身分努力，只是抱持這點小小的心願，不會遭到懲罰的啦。」

「唔、唔嗯……謝謝妳。」

「再說若是能夠把黛拉可瑪莉綁在京師這裡，夭仙鄉才會擁有更加光明的未來吧。將那個吸血鬼搶先拉入自家陣營是很重要的。」

看來梅芳是從各個面向來考量這件事。她一直都在充斥權謀算計的後宮中侍奉，想來也特別精於謀略吧。就連在華燭戰爭上，她都有用【屋烏愛染】操控可瑪莉心靈的前科紀錄。

只是梅芳剛才說「想要拉攏那個吸血鬼加入自家陣營」，這樣的說法有點不太對。

不知黛拉可瑪莉．崗德森布萊德本人是否已經意識到了？——這點姑且先擺一邊，但是她一直都希望能夠讓所有的國家成為「自家人」。

不過那些細節容後再說吧。

現在她只期盼跟可瑪莉相見的日子能夠早日到來。

☆

「結果最大的問題是出在魔核上啊……說真的，這部分到底該怎麼處理才好……？」

「目前夭仙鄉這邊如果有人受傷，或是有人生病，據說都會帶去登錄在阿爾卡或姆爾納特的魔核中，再讓他們去核領域接受治療。但這種處置方式只是治標不治本，應該要著手做些準備，以便擬定一套制度，讓那些夭仙們都可以去登錄在其他國家的魔核中。」

「意思就是必須去跟其他的國家做好協調是嗎？姆爾納特這邊只要丟給皇帝處理就好了，再來就是要去拜託阿爾卡和天照樂土幫忙。我是覺得納莉亞跟迦流羅應該會爽快答應啦。」

「我們也可以去跟白極聯邦和拉貝利克王國說一聲。但不曉得這兩個國家是否會有其他的打算，因此他們還是很有可能拒絕。」

「應該是不至於拒絕吧？夭仙鄉的人民正在受苦啊？像這種時候就應該互相幫助才對。」

「也對，如果是那位茲塔茲塔大人，她應該會樂於提供支援。就算遭到書記長制止也還是會那麼做。」

西沉的夕陽照進天子的辦公室內。

可瑪莉被官員們塞了一堆工作，從早上開始就一直關在房間裡，為夭仙鄉賣命。一開始她還說：「我受不了了啦——！」「想要回去當家裡蹲！」「我去上一下洗手間。」諸如此類的，外加大吵大鬧，但由於翎子跟薇兒海絲從旁協助，她們好不容易才讓這座文書高塔見底。而這個時候太陽剛好也下山了，剩下的改天再做，她們打算先來休息了。

「妳辛苦了，可瑪莉小姐。」

此時翎子幫忙泡了茶，將茶端給可瑪莉。

可瑪莉回了句：「謝謝～！」開開心心地接過那個茶杯。

「——噗啊～這個好好喝喔。」

「這是在夭仙鄉很受人歡迎的『飛仙銀針』。主打口感清爽，喝起來順口。」

「是喔——！妳知道的好多喔。」

「雖然翎子從前對這個國家的事情完全不瞭解，是被養在溫室裡的花朵，但是從常世歸來之後，她努力學習了很多東西。這次若是還要當導遊帶領黛拉可瑪莉，一定能夠確實做好。」

「梅、梅芳。那些事情就不用說了……！」

這位隨從常常會說些口沒遮攔的話。

但也許她單純只是在捉弄人罷了。

「先、先別管那個了，可瑪莉小姐。今天很謝謝妳。就連官員們都很開心，向我表示『堆積的工作都開始消化掉了』。」

「但翎子妳其實不用特地過來幫忙吧？妳在身分上早就已經跟夭仙鄉的政府沒

有任何關係了……」

「我是因為想跟可瑪莉小姐待在一起才會這樣的。」

「是、是這樣啊？」

可瑪莉此時像是有點難為情地別開目光。

而身為女僕的薇兒海絲眼睛很尖，馬上發現這件事。

「那麼翎子大人，這份工作會一直持續到什麼時候？」

「那個──妳是在說天子平常要處理的通常性業務嗎？在位期間，這將會永無止境地持續下去吧。」

「但可瑪莉大小姐不可能奉陪到最後。畢竟在姆爾納特帝國這邊，還有七紅天的工作要顧，她沒那個閒工夫一直處理夭仙鄉的事情。得讓可瑪莉大小姐有更多的休息時間。」

「咦？我好像聽見有人講了像是發生幻聽才會聽到的話……？」

「我早就發現了。就算我的興趣是把工作塞給可瑪莉大小姐做好了，但塞太多工作，跟可瑪莉大小姐恩愛的時間就會減少。尤其是像這次這樣，還得處理消耗腦力的文書工作，那就連享受惡作劇樂趣的餘力都沒有了。」

「妳別惡作劇啦!?──但我的腦袋實際上是真的快要當機了，這也是事實。」

「那都是因為可瑪莉大小姐的腦袋太小。」

「妳說這種話是什麼意思啊。」

「意思就是您的臉蛋小小的，很可愛。那麼——眼下工作已經告一段落了，我們就按照慣例恩愛一下吧，為生活增添一點樂趣——啊啊，可瑪莉大小姐、可瑪莉大小姐！今天我們一起洗澡吧，我可以替您洗背。」

「妳又在學無尾熊亂抱人了!!去旁邊啦!!」

薇兒海絲開始用臉頰磨蹭可瑪莉。

翎子心中有種羨慕的感覺。居然不會畏懼旁人的目光，敢做出那麼大膽的行為，從某方面來說，她甚至都覺得敬佩了。若是想要介入她們兩人之間，無論是透過物理性手法還是心理性的，都不可能。眼前所見的那種變態境界，翎子這輩子都無法到達。

這時梅芳嘴裡發出「咳哼」一聲，清了清喉嚨。

「好吧，其實這原本就不是天子該做的工作。」

「意思是——？」

「製作政策文書，按照慣例都是丞相負責。天子只要看看那些文書，以朱墨批改就行了。說得更極端一點，只要有丞相在，整個政府就能運作。就像不久前的天仙鄉，便是那個樣子。」

「可是現在沒有丞相了吧。」

「是啊，自從骨度世快失勢之後，那個位子就一直空著。」

「重新任命一個不就好了？」

這話讓梅芳一時間為之語塞。

知曉內情的翎子明白她的心情。

「——之後那些高官會想辦法的。黛拉可瑪莉應該就只有現在會那麼忙碌，若是能夠再稍微忍耐一下子，對我們會很有幫助的。」

「如此想來，就能明白那個骨度世快是多麼特異的存在。雖然他的所作所為非常殘忍，但是他卻構築出安定的政權，就這點而言還是非常優秀的。」

可瑪莉在那時點點頭回應：「的確是呢——」

「那傢伙是不是還待在牢房裡？能不能去跟他打聽一點訣竅……」

「請別這樣，可瑪莉大小姐。若是靠近那種變態，您會因為過敏的關係，一直狂打噴嚏喔。」

「這麼說也是啦，現在我身邊圍繞的那些變態就已經夠多了。」

「尤其是那個梅墨瓦大人，簡直是個燙手山芋。」

「妳在說什麼啊？」

「在說另一個世界的真相，那已經超越可瑪莉大小姐的認知了。先不講這個了，今天我們要住在紫禁宮，順便辦個派對。就讓我們膩在一起玩桌遊吧。」

「膩在一起就算了，但難得有這個機會，確實會想要遊玩一下。」

「先打住，我有些話想要跟薇兒海絲說。」

薇兒海絲原本正打算從包包裡拿出桌遊「雙六」，卻在那時停下動作。

她接著用狐疑的目光看著梅芳。

「要找我嗎？為什麼？接下來當可瑪莉大小姐熱衷於玩遊戲時，我本來還打算趁人之危，玩弄她身上的各個地方，都已經安排那麼重要的活動了，妳居然……」

「不要亂玩啦！」

「不，我要談的也是很重要的事情。其實——」

梅芳先是靠近薇兒海絲，接著就用可瑪莉聽不見的音量竊竊私語。

可是翎子待在她們隔壁，於是就自然而然聽見了。

「——其實有一股黑暗勢力在暗中蠢動，打算讓黛拉可瑪莉和翎子接吻。」

「「!?」」

翎子差點把茶噴出來。連薇兒海絲也都驚訝地睜大眼睛，整個人定格。

「那幫人打算將黛拉可瑪莉束縛在夭仙鄉中。雖然在書面上，她是已經跟翎子結婚的關係，但那種東西根本沒什麼意義。因為那兩個人對彼此完全沒有意思。於是那些人就按捺不住了，企圖讓她們兩個生米煮成熟飯。」

「怎、怎麼會有這麼邪惡的一群人，我必須把他們都毒殺掉。」

「那些人被稱之為『親親會』。我還得到情報，聽說那些人接下來將在離宮中做祕密會談，因此我就想偷偷潛入調查一番。若是薇兒海絲願意跟我一起去，我會如虎添翼……」

「我當然要去！請帶我去吧！」

「——妳們三個在聊什麼啊??」

「沒什麼，請可瑪莉大小姐坐在那裡就好。」

可瑪莉的頭頂上都浮現出問號了，她再度坐回椅子上。

翎子的頭上也長滿了問號。

梅芳究竟有什麼打算呢？

「那就這麼說定了，跟我來吧。」

「不可原諒……『親親會』……」

薇兒海絲身上散發著黑暗氣息，跟在梅芳後頭走人。

離去的時候，翎子還看見梅芳偷偷豎起大拇指比了個手勢。

這下她已經看懂作戰計畫的概要了。

「親親會」其實是胡亂捏造出來的，目的是用來引開薇兒海絲。「我會想辦法收拾那個礙事的傢伙，妳們兩個設法做點什麼吧。」——梅芳的言外之意不外乎這些。

「是發生什麼事了？薇兒的表情看起來好可怕……」

「不、不用太在意那些！話說要不要再來杯茶呢？」

「嗯，謝謝妳。」

當翎子在替可瑪莉的杯子倒茶時，一面思考了起來。

平常她們兩人很少會有獨處的機會。因為薇兒海絲時常都以附屬品的狀態跟在旁邊。她不能放過這個絕佳機會，但是——

到底要怎麼做才能跟可瑪莉拉近距離呢？

翎子的目的是希望「在可瑪莉眼中變成特別的人」。

但她覺得這個願望極其曖昧，而且不著邊際。

她跟可瑪莉已經結婚了。若要說有哪些外在鴻溝需要填埋，那早就已經被填埋到不行，都埋到跟山一樣高了。處在這樣的情況下，還得再做些什麼，才能夠跟可瑪莉加深關係？不對，明明都已經結婚了，關係卻一直無法加深，光是這樣就代表兩人之間存在著種種問題吧？

「好好喝喔，喝茶果然會讓人心情平靜呢。」

「那妳可以喝個盡興喔。」

「謝謝。」

「嗯……」

「…………」

好奇怪。怎麼會這樣？對話無法持續下去。

不，其實之前在常世，她們兩個人結伴同行的時候，翎子就隱約注意到了，只要她們兩人獨處便時常會陷入沉默狀態，導致氣氛變得很奇妙。這恐怕是出自於她們兩人的個性。翎子是個超級被動的人，這點自然不用多說，但是可瑪莉本身也算是有點被動的那種。

不過如此一來，問題點就很明顯了。

那麼最初的目標就設定為這個吧，要打造出陷入沉默也不覺得痛苦的關係。

然而一旦意識到這點，就會變得更加緊張。總而言之，她現在必須得先說些什麼。可以的話，對話之間最好參雜能夠逗樂可瑪莉的玩笑話，要有點幽默的那種——不對不對，那種事她辦不到。這跟翎子的個性不合。

「——那、那個……我有關於工作的事情想談。」

結果最後翎子還是選擇逃避。若是要談事務性的話題，不管談多少，她都能持續下去。

「今後繼續把夭仙鄉的工作通通塞給可瑪莉小姐去做，我覺得這樣真的很不好。所以我會去跟梅芳商量，想想有沒有其他的因應對策。」

「是真的不能讓我退位嗎？」

「對不起。若是少了天子，那麼夭仙鄉這次可能真的會分崩離析……」

「咕唔唔……好吧，都已經說找不到其他人做這件事了……不對，我被分類到『有能力辦這件事』的類別中，這點本身就怪怪的……」

就在那個時候，可瑪莉忽然靈光一閃，嘴裡「啊！」了一聲。

「剛才也有提到這件事——其實快點找人當丞相不就好了嗎？」

「關、關於這點……」

其實他們有在找新丞相了。

可是她卻有點害怕將這件事告知可瑪莉。畢竟就連翎子和梅芳都不太能夠接受。因為那個人對翎子來說，定位是非常複雜的——不，一直隱瞞下去也不是辦法吧。

「其實我們這邊已經有合適的丞相人選了。」

可瑪莉在這時抬起臉龐。

「因為能夠擔當大任的，就只有那個人了……」

「是誰呀？難道是梅芳嗎？」

「不是，梅芳來自後宮，沒辦法擔任要職。」

翎子稍微猶豫了一下，接著才又開口。

「是骨度世快，因為他是真心在為夭仙鄉著想。」

☆

「——『親親會』的密會是在哪邊舉行？」

「地點就在前陣子被黛拉可瑪莉用隕石打到半毀的紫禁宮離宮。雖然已經透過建築魔法修復成原來的樣貌，但平常都不會有人靠近那裡，很適合密談。」

在梁梅芳的帶領下，薇兒海絲於宮殿內部走了起來。

開始進入日落時分的京師，被染成了桔紅色。

看來只要是變態，果然都會在太陽下山之後活躍起來。要讓翎子和可瑪莉接吻——如此邪惡又荒誕無稽的企圖，必須阻止。平日裡那兩個人都已經在急遽拉近距離了，若是她們之間的代溝繼續被填滿，到時就沒有她這個女僕介入的餘地。

——啊啊，可瑪莉大小姐。為什麼您會那麼受歡迎？

其實薇兒海絲一直都對此感到鬱悶。

因為可瑪莉受歡迎是不分男女的。

明明一開始這趟旅途就只有她們兩個人，在她們克服了各式各樣的苦難後，可瑪莉周遭開始聚集了許多人。而在這些人之中，最危險的非那個愛蘭翎子莫屬。因為那個夭仙實在太過純樸、太容易引發他人的同情心，很有可能抵達其他變態都無法抵達的羅曼蒂克戀愛境界。

一定要毀掉那個「親親會」。

即使要她犧牲性命也在所不惜。

「——就是這裡。妳要注意別踩出腳步聲。」

梅芳說著便將那道五彩繽紛的門緩緩打開。

對方催促薇兒海絲，要她「先進去」，於是她就邊保持警戒邊進到裡頭。

這裡充斥著夕陽餘暉，是個看上去平淡無奇的小房間。

原本薇兒海絲還在猜想是什麼樣的變態集團會在這裡聚首研商——結果看見的是兩位女孩子。那兩個人身上都穿著樸素的衣服，看起來都是受人使喚的僕人。但她們一直望著這邊，散發出來的氣息像是早就在這裡等待似的，她們似乎是在等待薇兒海絲到來。

「妳們就是『親親會』的會員嗎？究竟有何打算——」

喀鏗。喀嚓。

一陣門扉關閉的聲音傳來，接著是上鎖的聲音。

等到薇兒海絲轉頭看去，這才發現梁梅芳正面無表情地佇立在那。

這下就連薇兒海絲也察覺事情不太對勁。

「梅芳小姐？請問這是在做什麼？」

「抱歉了，薇兒海絲。我就是『親親會』的會長。」

「什麼？」

「但妳最好別誤解我，我並沒有要對妳施加暴行。只是為了讓翎子和黛拉可瑪莉兩人獨處，妳的存在會變得非常礙事。」

居然。她居然做出那麼邪惡的事情。

薇兒海絲的手緊緊握成拳頭狀，開始用雙眼狠瞪梅芳。

「不、不可原諒……妳剛才都在騙我吧……！」

「就這點而言，是我對不起妳。但我畢竟是站在翎子那邊的。只要能夠讓她獲得幸福，我願意不擇手段。」

「我要回去。」

「沒用的，那道門已經上鎖了。」

「那我就赤手空拳破壞！」

「都跟妳說沒用了。那上面已經透過障壁魔法加上保護措施。若是想要打開那扇門，那妳能夠做的就只有一件事——」

梅芳用鞋子踩出「喀喀喀」的聲響，朝著房間中央走去。

那裡放了一張桌子，旁邊還擺放四張椅子。

不對，那可不是一般的桌子——

「——這是一個『打麻將打不贏他人就不能離開的房間』。就不知是妳會先贏得勝利？還是黛拉可瑪莉和翎子會先接吻？我個人是希望可以把妳絆到早上啦。」

「太……太卑鄙了，梅芳小姐……」

「談戀愛無所謂卑鄙手段，都怪妳太大意了。」

「我這就跟可瑪莉大小姐取得聯繫。」

「用來跟黛拉可瑪莉通訊用的礦石，已經被我摸走了。」

「什麼……！」

梅芳手裡早已握著跟可瑪莉通訊用的礦石。

換句話說，薇兒海絲現在再也不可能主動跟可瑪莉告知危險將近。

「先跟妳說清楚，想要用暴力解決我是沒用的。因為那個封印是從外部加上去，就連我們都無法解除。若是想要逃出去，唯有等妳獲勝。」

原本就等在那裡的女官紛紛坐到麻將桌前。跟人打麻將碰上三對一，根本就沒有勝算。也就是說梅芳從一開始就不打算讓她在早上之前有機會回去。

好邪惡。實在是太邪惡了。

不能讓可瑪莉跟人接吻。她必須盡快突破如此令人絕望的困境——薇兒海絲瞇起眼睛，開始確認周遭狀況。看來障壁魔法是真的發動了，不只是門，就連窗戶都被封得密不透風。

「──我知道了。我會在第一回合就擊潰妳們。」

薇兒海絲緩緩坐到座位上。

罷了。都怪她不慎上當，這麼說也沒錯。

既然如此，她就正面迎戰，堂堂正正打敗對手吧。

「這麼做就對了。」

梅芳在那時扯嘴笑了一下。

於是這場賭上親親的爭霸戰就在不為人知的狀況下揭幕。

☆

當然翎子根本就沒有去親對方的勇氣。

不僅如此，就連要如何跟人做日常對話也都無從起頭。一旦對可瑪莉的事情越發在意，她的思緒就越容易往奇怪的方向邁進，導致兩人之間陷入沉默，令人如坐針氈。

因此翎子便選擇逃避。

她來到位在紫禁宮西方的監獄──

這裡是一處地下收容設施，專門用來關和愛蘭朝作對的人。

平日裡一般人是不能夠踏足這裡的，但只要運用天子的權限，想進來也沒問題。

她來這裡的目的是要跟骨度世快見面。

自從跟可瑪莉提起下一任丞相的事情後，可瑪莉就說：「既然都來了，我想先去跟他見一次面。」梅芳若是聽到這種話，一定會大發雷霆吧。說她煞費苦心讓她們兩人獨處，為什麼還要浪費時間去見那種變態。

就連翎子自己也覺得心情上算是滿複雜的。

雖然跟可瑪莉相處的時間減少讓她感到遺憾，但若是有其他人幫襯好讓她們容易聊得起來，翎子覺得那樣也不失為一種方法。不過這些先暫且不談了，她之前跟那位骨度世快有過種種的糾葛，如今要和他再度重逢，翎子就變得很緊張，而且不是一般的緊張。畢竟自從華燭戰爭過後，他們兩人就再也沒有過任何接觸——

「——吶哈哈哈！今天來的還真是稀客啊！真沒想到能夠再度重逢。」

這裡是監獄非常深處的地方。

在那個號稱會給予特別關照的牢獄裡，關著那個男人。

他明明一直被關在監牢裡，可是那對雙眼卻沒有失去活力。

在這間單人牢房裡，運進了大量的書籍和食物，想來應該是仰慕世快的夭仙鄉國民拿來的吧。這位神仙果然直至今日依舊受人愛戴。

「好、好久不見，你過得還好嗎？」

可瑪莉在這時怯怯地開口。緊接著世快就撇嘴一笑，露出活像小丑般的笑容。

「我過得很好啊。總是在為夭仙鄉的和平和翎子殿下的安寧祈禱。妳們過得如何？新婚生活是否進展順利？」

「咦？算有吧。我跟翎子相處得不錯。」

「那真是值得慶賀啊！妳要代替我讓翎子殿下獲得幸福。」

「唔、唔嗯，我明白……」

可瑪莉偷偷朝著翎子這邊看了一眼。

但是她大概也已經臉紅到耳根子去了，真希望可瑪莉不要一直看自己。

接著可瑪莉又「咳咳」幾聲，清清喉嚨改變話題。

「對了世快，關於丞相的事情，你都聽說了嗎？」

「看樣子已經有人有動作了，希望能夠再度任命我——啊啊！王朝裡的那幫人翻臉也是跟翻書一樣快呀！之前明明就為了華燭戰爭不停彈劾我，一旦需要我的力量，又恬不知恥地拜託我！」

能夠整頓這個夭仙鄉的，就只有骨度世快一人——那是夭仙鄉政府高官們得出的結論。直到現在，依然有許多夭仙們尊崇世快，那都是因為他們認可世快卓越的政治手腕。

可是聽在他本人耳中，時至今日被人要求再度重出江湖，世快也只會覺得那些人很自私吧。

畢竟他在眼下這一刻，依然被關在牢房裡，被迫過著窘迫的生活。

「你會這麼想也是很正常的吧。畢竟把你關進這裡的，就是我們……」

「說對了。我都已經是手下敗將，也不希望再重登檯面——只不過……如果是天子下令，那我也會不吝貢獻心力。」

「咦？」

「前任天子愛蘭奕許陛下是個無法堪當重任的人，但是換成打敗我的黛拉可瑪莉．崗德森布萊德陛下，若是妳下令，要我聽令行事也行。只要有妳在，想必夭仙鄉將會變得繁榮起來——不，不僅是夭仙鄉，我有預感六國全都會受到引導，朝向更好的方向發展。」

翎子在那時不由得屏住呼吸。

世快已經發現可瑪莉想要走什麼樣的路了。

他眼中已經感覺不到從前那種邪惡氣息。是不是待在牢裡的這段日子，為他的心帶來一些改變。之前明明覺得他是那麼「可怕」，真是不可思議。

「……那你若是被釋放出去，該不會又想幹些壞事吧？」

「若是妳這麼看我，那也是沒辦法的事情。無法獲得君主的信賴，那是為人臣子該負的責任。但我是真的熱愛夭仙鄉，也愛著翎子殿下，這妳是知道的吧？華燭戰爭其實是為了這個國家所舉辦的。話都說到這個份上了，若是陛下依然懷疑我，要將我處刑也行。」

「是嗎？我明白了。」

可瑪莉在那時露出一抹微笑，接著又說了些話。

「其實光靠我一個人，處理起來一直不是很順利。再加上姆爾納特帝國那邊也有很多事情要辦……若是你願意的話，可以在我忙不過來的時候協助我，那我會很開心的。」

「……有件事想問，妳難道不恨我嗎？」

「恨你？為什麼？」

「當然是因為我曾經對妳做過過分的事情！之前在華燭戰爭中，我還想用炸彈將妳炸個粉身碎骨——」

「那已經無所謂了。反正你都已經受到這樣的懲罰了。再來就看夭仙鄉的人民是怎麼想的。」

世快的雙眼頓時如滿月般圓睜。

他還誇張地用手遮住臉龐，嘴裡「唉——」了一聲，發出好大的嘆息。

「原來如此。這就是將來會平定六國的英雄？真不愧是尤琳．崗德森布萊德的女兒——如果對象是像妳這樣的人，我也能放心將翎子殿下託付給妳了。」

「那你願意協助我嗎？」

「悉聽尊便。若是想要報答妳的寬大為懷，那我無論碰到什麼樣的差事，都願意為此粉身碎骨賣命。但夭仙鄉的和平依然是我最大的心願，這點並沒有改變。」

世快說完就恭敬地低頭鞠躬。那是如假包換的臣下之禮。

這位夭仙已經認可可瑪莉，而且發誓要為了可瑪莉賣命。

可瑪莉此時看似滿意地點點頭，並揮揮手轉過身，嘴裡說了句：「那我改天再來。」

如此一來，這個王朝將會步上正軌吧。任誰都知道骨度世快是出類拔萃的能幹官吏——為此感到安心的翎子準備跟在可瑪莉後頭離去。

「請留步，翎子殿下。」

「好、好的？」

骨度世快接著在翎子背後小聲說了些話。而且不知道為什麼，他還用帶著譴責意味的目光望著她。

「為何妳都一副雲淡風輕的樣子？難道妳覺得維持現狀也無妨？」

「這……我覺得夭仙鄉能夠變得和平起來，也是件好事啊……？」

「那的確很重要！可是啊、可是——倘若妳心中想的總是這些麻煩的政治問題，那不管經過多久，妳都沒辦法贏得心上人的心喔！」

翎子有種心門強行被人撬開的感覺。

不對。怎麼會呢？原來他都知道？

「——翎子？妳怎麼了？還有事情要找他嗎？」

「沒、沒什麼！希望可瑪莉小姐能夠先回去……！」

翎子將這些話說完後，她再度轉頭面對世快。

「心上人的那顆心，我已經得到了，沒問題的！畢竟我跟可瑪莉小姐都已經結婚了。」

「啊啊！怎麼會有那麼幼稚的誤解！光看一眼就明白了，妳跟崗德森布萊德陛下只是被迫政治聯姻的關係！兩人之間並沒有愛。」

「!?」

沒有愛。或許真的是那樣。可是聽到有人透過話語指正了這點，仍不免讓她大受打擊。

「再這樣下去，妳們兩人將永遠都是這種曖昧關係。或許這也是一種關係進展的形式，但我身為妳的前任婚約對象，會覺得妳們這樣實在太拖泥帶水了。妳並未滿足於現在的關係，希望能夠跟崗德森布萊德陛下變得更加親密，可是沒辦法拿出勇氣，以至於無法踏出那一步。這些是不是都被我說中了？」

「嗚嗚……」

「看來是說中了。既然如此，就讓我來協助妳吧。」

「咦……？哇！」

世快從牢房中丟了某樣東西給翎子。

那個是——能夠裝在耳部的通訊用礦石。

接著骨度世快又用很詭異的方式對她眨眼，然後補上一句話。

「妳就放寬心去做吧！我會針對幾個重點給予適當的建議！我在街頭巷尾可是被人稱為愛的化身，只要交給我，保證沒問題。」

這實在是太讓人不安了。

可是即便剩下最後一根救命稻草，她也願意去抓。

稍微躊躇了一下，翎子這才將通訊用礦石裝了上去。

☆

「胡牌，二千。」

「這怎麼可能……!?」

「胡了，二連莊，四千六。」

「唔咕……………」

「那牌我也胡了，一萬兩千點。」

「……………………………………………………………………………………」

好奇怪。不管怎麼做都贏不了。不，這也沒什麼好奇怪的。這裡可是「親親會」的祕密基地。她們自然有可能動些不尋常的手腳──

這是在紫禁宮離宮舉辦的麻將大會。

薇兒海絲將籌碼點數棒交出去給梅芳，同時用充血的眼睛瞪視那些敵人。

她就連玩過幾局都忘了，而且只胡過一次（還是搶身吃牌）。除此之外幾乎都被其他那幾個人拆吞入腹。

「梅芳小姐……妳是不是動了什麼手腳？」

「這怎麼可能？做假未免也太沒有風度了。」

「基本上用三對一的方式就很卑鄙了吧？這樣我無論如何都沒辦法贏得勝利呀？」

「這兩個人都是在跟妳公平競爭。只是妳太好看懂了。單純只是因為妳們之間的實力有所差距才會那樣。」

薇兒海絲不具備相應的實力也是理所當然的。雖然聽說第七部隊裡有賭上血液和金錢的特殊麻將正在流行，但是薇兒海絲可沒有閒工夫去沉迷在那種遊樂中。她平時都忙著寵愛跟撫摸可瑪莉。

但若是在這個節骨眼上輸掉，那可瑪莉就會遭遇危險。

就在眼前，那個梅芳邊用手指玩弄著麻將牌，邊帶著不以為然的微笑。

這傢伙——很難纏。打麻將的實力已經夠強了，但她身為謀略家的能力更是卓絕。

「好了好了，若是不快點贏過我，可就要來到早上囉。」

「唔……是說妳為什麼要做出那麼殘暴的事情……!?」

「這都是為了讓翎子實現夢想，那個女孩有資格獲得幸福。」

薇兒海絲覺得先前是她太小看翎子了。她原本還當愛蘭翎子跟那個認真又人畜無害的艾絲蒂爾是同等級的。

「……看樣子我必須改變認知了。翎子大人應該要跟梅墨瓦大人歸為同一類，都屬於危險人物。」

「不，妳那麼說就言過其實了吧。」

「這麼說一點都不過分！我會守護可瑪莉大小姐！接下來我會打出『役滿貫』，粉碎『親親會』的陰謀！」

「這牌我胡了。」

「啊…………啊啊啊…………啊啊啊啊啊啊啊啊啊啊啊…………!!」

薇兒海絲滿心絕望地環顧整張麻將桌。

梅芳胡出來的牌怎麼看都是國士無雙。這下她死定了。

手中的籌碼點數越來越少，然後遊戲又再度重來一遍，不知不覺間，太陽也已經隱沒到地平線之後了。自從被關在這個房間裡，都不曉得已經過了幾分鐘，就算翎子早已行凶也不奇怪──

「太卑鄙了。竟然用請君入甕的方式大開無雙……！」

「若不做到這種地步，是沒辦法獲勝的。其實這也無所謂吧，妳總是待在黛拉可瑪莉身邊。就算偶爾讓給翎子一下，那也算不上什麼懲罰。」

「我才不讓！應該站在可瑪莉大小姐身旁的是我！該是我薇兒海絲才對！」

「我胡了。」

「咦？啊啊啊啊啊啊!?」

薇兒海絲完全被敵人牽著鼻子走。

糟了。雙方實力差距太過懸殊。

「……看來妳是真的很強，怎麼看都覺得妳有作弊嫌疑。」

「這個東西在後宮曾經流行過好一陣子。從前的天子很喜歡打麻將，這種傳統延續到了今日。若妳不具備超強運勢，根本就無法戰勝我。」

「難道妳都不知道嗎？街坊鄰居都很懼怕我，還稱我為豪運女僕呢。」

「但我也不至於強人所難。看樣子是要打持久戰了，妳若是想要上廁所，可以自由前往沒關係。當然就只能上這個房間附設的廁所。」

「沒那個必要，就算尿褲子也要贏。」

「但這樣會造成我們的困擾……」

若是沒有帶著這份覺悟迎戰，可瑪莉是不可能得救的。

薇兒海絲隨便找些話跟對方談，而且還偷偷在女僕裝口袋中翻找了一陣子。

那裡面裝著的東西是——能夠用來跟外部聯繫的手段，正是通訊用礦石。

☆

『就讓我來教妳一些聰明的解決方法吧。那個黛拉可瑪莉·崗德森布萊德乍看之下是個殺戮霸主，但她背地裡八成是如花兒一般的清純少女。』

有些聲音透過通訊用礦石傳來。

是待在牢房裡的骨度世快從遠方跟翎子說話。

現在翎子跟可瑪莉正待在紫禁宮的私人房中玩神經衰弱。

因為在吃晚餐的時間到來之前，她們沒什麼好做的。

『我已經分析過翎子殿下和崗德森布萊德陛下的適配性，恐怕從頭到尾都必須由妳『主動進攻』。若是想要改變崗德森布萊德陛下的心，那妳就只能主動出擊。只要能夠展現妳可愛的一面，要籠絡陛下根本是小事一樁。』

「翎子？妳怎麼了？該妳了喔。」

「咦？哇哇，抱歉──」

翎子趕快把撲克牌翻一翻。但是都沒翻中。由於世快跟翎子說話的關係，導致她沒有猜中任何一張。可瑪莉在那時興高采烈地喊了句：「太好了──！」，還翻中兩張A。

『聽好了，若是要跟她對話，就通通照我說的講。妳只要複述我說過的就可以了，一旦這麼做，接下來的一切都會進展順利。』

「……這是真的嗎？」

『吶哈哈哈！論深思謀略，那可是我最在行的！』

的確是，這個男人的嘴巴很厲害。

翎子她太內向了，或許那個男人能夠幫襯到這個部分。

「──是我贏了！翎子妳是不是不太會玩神經衰弱？」

「不、不至於那樣，但是……」

「好吧，我可是世上難得一見的賢者！就算贏不了我也沒必要懊惱喔！」

是不是贏了讓可瑪莉感到開心的關係？她像個孩子般笑咪咪的。

那種表情實在是太可愛了，讓翎子不由得綻放笑容——

『——妳笑起來好可愛，快跟她這麼說。』

「!?」

怎麼突然提出這種要求？這難度是不是有點太高了？

話說他根本就沒看到對方在笑吧？應該只能聽見聲音吧？

『啊啊！妳還在猶豫什麼，翎子殿下！心中所想若是不把握當下說出來，可不會有第二次機會！難道妳想要一直裹足不前嗎!?』

那樣當然不好。雖然知道不好——

不，既然都已經做了，那就硬著頭皮做到底吧。既然都來到這個節骨眼上了，她就照著世快的話狠下心去做吧。

強壓下狂跳的心，翎子知道自己的臉越來越滾燙。

「妳、妳笑起來……好可愛喔……」

「嗯？妳說什麼？」

翎子還以為自己會死。她耳邊響起某人大喊的聲音，對方大聲嚷嚷著：『要多多活用妳的口才呀!!』

翎子覺得她連眼淚都快流出來了，但是她忍住了，最終選擇動口。

「可瑪莉小姐的笑容好可愛呢！」

「謝、謝謝妳……？翎子笑起來也很可愛。」

她死了。有人用那麼純潔無邪的表情對自己說出那種話，不管是體力面還是精神面都撐不住。

翎子開始深呼吸，同時收拾起桌上的撲克牌。

「那、那麼……接下來要做些什麼呢？玩別的遊戲嗎？」

「對了，薇兒她們去哪裡了啊？」

這話讓翎子的良心受到了些許苛責。

對人撒謊，那種感覺真的不是很舒服。

「我想她們應該是去談工作上的事了，梅芳有說過想找她商量一些事情。」

「原來是那樣啊？那我追問太多也沒用吧。」

「嗯，那個……要不要再玩一次神經衰弱——」

『妳們想要玩卡牌遊戲取樂是可以，但還是要讓對話繼續發展下去。』

翎子將翻面的撲克牌攤開來放在桌子上，心裡一面自問：「那該怎麼做才好？」

而世快似乎完全看出她的心思了。

『妳現在有喜歡的人嗎？拿這話問她吧。』

那個人完全沒將翎子的心靈負擔考量進去。

她背後不停冒出冷汗。

可是……不能夠在這種地方停下。那樣是不行的——

「——話說回來，可瑪莉小姐……」

可瑪莉在這時「嗯？」了一聲並抬起臉龐。翎子壓抑住自己的感情，朝著她提問。

「妳現在有喜歡的人嗎？」

「喜……」

這次換可瑪莉的臉猝不及防地泛紅起來。

「喜歡的人!?那、那是什麼意思!?我是很喜歡媽媽跟爸爸啦。」

「不是在問那個……而是……戀愛方面的吧？是像那種喜歡……」

「這個……」

假如可瑪莉在這種時候說：「我喜歡薇兒！」翎子覺得自己可能會再也無法振作起來。

不，其實那樣也沒關係。畢竟她並不是想要獨占可瑪莉。

只要愛蘭翎子這名少女看在可瑪莉眼中有某些特別之處，那樣就夠了——事到如今，翎子開始意識到這點。

「這部分……那個……說真的，應該是沒有吧……」

「是、是那樣嗎？」

「嗯，但我也不是很明白。」

可瑪莉說話時，一面擺弄桌子上的撲克牌。

「不過呢……有的時候也是會在不知不覺之間被對方吸引。翎子或許已經知道了，我有在寫小說，而且還是屬於戀愛小說。我從以前就很喜歡這類型的小說，所以寫了不少作品……但那些全部都是妄想出來的……」

翎子有聽過類似的傳聞。根據梅芳蒐集過來的情報指出，據說可瑪莉終於要發行第一部作品《黃昏三角戀》。

「其實這說起來算是滿複雜的，以前我也曾經想過要吃比自己身體更大的布丁。想說能夠吃得飽飽的，會是一件幸福的事吧，但那純粹是個夢想。後來某一天，爸爸還真的做給我吃。那是像山一樣的超巨大布丁。一開始我非常開心，但吃著吃著，才過了一下子就吃不下。但這也是很正常的，而且我還因為吃太多變得不舒服。如今想想會覺得當初就該一直把那個當成夢想，那樣才會更有夢幻感——套用在戀愛上，我覺得也是相同的道理。雖然那麼說，但我會這樣想可能單純只是因為沒有特定的愛戀對象。抱歉，我連我自己在說什麼都搞不清楚了。」

翎子覺得自己聽到讓人意外的話。

一個將要改變世界的英雄，說出這種話實在很不像她。

換句話說，可瑪莉想表達的就是：「若是要喜歡上某個特定的人，會讓人覺得有點害怕。」。這樣的心情，翎子能夠體會，而且是深有所感。假如最終沒能跟某個特定之人實現心中所期盼的關係，那這一路走來所累積的夢想和妄想有多大，受到的傷害就有多大。就算願望真的實現好了，還是有可能會覺得「原來實現願望所帶來的不過就是這樣而已？」並因此感到失望，不否認也會有這樣的可能性存在。

可瑪莉剛才說的那些話，其實也像是眼下翎子的部分寫照。

翎子之所以沒辦法踏出那一步，究其原因都是因為她感到恐懼，害怕理想會因此破滅。

可是人的心會受到理想吸引，讓人變得坐立難安，且因此無所適從。

『——但妳若是沒有實際體驗，怎麼可能寫出有趣的小說？妳快跟她這麼說。』

「那有點……!?」

這個人在說些什麼。

『當然若是沒有實際體驗，依然能夠寫小說，但我們這次還是把那句話套用上去吧。重點在於妳敢不敢踏出那一步。是要去吃那個巨大的布丁？還是不敢吃，要一直被空泛的理想束縛住——妳之前在華燭戰爭中應該已經學過教訓了吧？』

翎子這才想起一些事。

若是沒有往前進，甚至連觸碰理想的機會都沒有。

她如今能夠像這樣從夭仙鄉的詛咒中解放，除了受到周遭其他人的幫助，還因她一心期盼「過上普通的生活」，並採取相應的行動，才有那個機會不是嗎？

不，這種說教意味濃厚的論調先擺一邊吧。

「——不過……妳若是得到這方面的經驗，也能夠順便活用在小說中喔？」

「唔，這麼說好像也對啦。」

可瑪莉在煩惱。

那她就來趁機思考吧。快點思考。看看用什麼方法才能讓可瑪莉對愛蘭翎子動心——

『——那要不要跟我練習看看？妳拿這句話釣她！』

「!!——不、不嫌棄的話……要不要跟我練習看看……？」

「咦？咦??」

「妳想想。我們好歹已經算是……結、結婚了……所以說……」

「…………………」

可瑪莉開始一直低頭望著桌子，變得渾身僵硬起來。也許她踩到地雷了，正當翎子心中開始有這樣的不安在遊走時——

「……說得也對。若是拿來做學術性的研究，這樣好像也不錯。」

「學……學術？可瑪莉小姐在想的事好艱澀啊。」

「對、對啊。因為我是擁有卓越腦袋的稀世賢者嘛。我們先別聊這些了，那接下來該怎麼做？若只是一起遊玩的話，會跟當朋友沒兩樣……」

「那麼在可瑪莉小姐寫的小說中，人們都會做些什麼？」

「我想想喔——大概會牽手吧。」

牽手的話，努力一下或許可以辦到。

「再來就是……親嘴……之類的……」

那個若是努力做可能會死掉。

『就做吧。去親她。』

請你閉嘴吧。

「那、那要不要牽手看看。」

翎子帶著像是從懸崖上跳下去的心情伸出右手。

拿出勇氣還是很重要的。只要有勇氣，不管遇到什麼樣的困難都能克服——那個當事人可瑪莉在翎子的右手和她的臉龐間來回看了一下，之後又說了這麼一句話。

「這個是在跟人握手吧？」

這下翎子心中的勇氣就很像小蜘蛛散開似的，全都逃之夭夭了。

她覺得自己的臉都快要噴火了，接著便突然間站了起來。

「這麼說也對！那我現在就過去妳那邊！」

她打算將椅子搬到可瑪莉那邊去。

「呀!?」

可是她卻跌了一大跤。因為她被自己搬的椅子椅腳絆倒。正當她跟冰冷的地面完成結實擁抱的瞬間，可瑪莉也跑了過來，嘴裡還說著：「唔哇，翎子妳沒事吧!?」

「別勉強自己！我們要做那種事還太早了！」

「沒這回事！我想要跟可瑪莉小姐牽手！」

『這是一個大好機會啊！上吧上吧，翎子殿下！順著現在的姿勢撲倒對方！』

「請你先安靜一下！就像旁邊那個觀葉植物一樣！」

「對、對不起，我是不是說了什麼讓妳不舒服的話……!?」

「!?不是的！可瑪莉小姐沒做錯什麼……！」

翎子覺得自己就快哭出來了，但她硬是憋住，同時站了起來，然後訥訥地坐到可瑪莉隔壁去，這次她再度將右手伸向可瑪莉。雖然她心中滿是後悔的念頭，心想：「我這是在做什麼啊？」但都已經做到這個地步了，沒辦法停下。也只能一路做到最後了。

可瑪莉雖然一臉困惑的樣子，但還是慢慢將手抬了起來——

然後她輕輕握住翎子的手。

「唔……」

好溫暖。好柔軟。感覺心裡都變得暖洋洋的。

原來跟喜歡的人牽手，是這樣的感覺。

『哎呀？現在妳們牽手了吧？有什麼感覺？若是妳能夠告訴我，我在給建議的時候也能拿來當參考。』

真希望他能夠閉嘴。

「感覺有點害羞呢。我很少跟人做這種事情……」

「……這樣對小說有參考價值了嗎？」

「我現在知道翎子的手很光滑了。」

「咦!?」

「啊，那個、就是……」

不知道為什麼，可瑪莉都已經臉紅到連耳朵也變紅了。是不是她開始在意自己的關係？但做這些說到底就是為了替戀愛小說蒐集一些資料，兩人並非單純基於戀人身分牽手的。

也不曉得可瑪莉是怎麼看待她的。

她希望可瑪莉能把她當成特別的人看待。

為了實現這點——

「可瑪莉小姐對我是怎麼想的？」

在無意識間，翎子道出了這句話。

這一切已經停不下來了。

「我……覺得可瑪莉小姐是很棒的人。一直很想跟可瑪莉小姐變得更加親密……」

可瑪莉在那時驚訝地眨眨眼睛。

這也難怪。因為那幾乎已經等同是愛的告白。

「這個世界上的人都很仰慕可瑪莉小姐，妳是一個很厲害的人。或許我這樣的人根本配不上妳，但就算是那樣，我還是想跟可瑪莉小姐在一起。因為有妳在，我才能找到屬於自己的路。」

「翎子……」

「不是因為有結婚制度才這樣。我希望能夠跟妳心靈相通。為了實現理想，我想要試著前進。但我該怎麼做才好……？」

可瑪莉那對溼潤的雙眼就在不遠處。

她的表情充滿了困惑，就連翎子自己也知道這樣很卑鄙。

就算去問對方「該怎麼辦才好？」，也不一定會有什麼結果，她明明就很清楚這點。

『——妳就做下去吧。快點親她。』

某個觀葉植物開始說話了。

『其實我是「親親會」的會員。梁梅芳早就看出妳們會來我的牢房探視，預先給我通訊用礦石了。我們之前明明是互相憎恨的關係，但為了翎子殿下的事，馬上就能夠團結起來。妳擁有不亞於陛下的才能——那是能夠讓人心為之沉醉的才能，也是不可思議的才能。所以妳一定沒問題的。』

翎子覺得世快說得也有道理，這使她更不知該如何是好。

若是真的在這種時候親對方——那就會逼可瑪莉不得不正視愛蘭翎子這個人不是嗎？

「我——」

這時可瑪莉開口了。

就在那瞬間——

突然不知從何處傳來一陣震動感，那感覺就像是地震一樣。

☆

「怎、怎麼了!?那是爆炸的聲音……!!」

嚇了一跳的梁梅芳當場站了起來。

這突如其來的衝擊讓建築物為之搖晃，麻將牌還倒了好幾個。

待在宮殿離宮中，正為麻將地獄受苦的少女——薇兒海絲，她在那時勾起嘴角邪惡地笑了。「親親會」的成員肯定連想都想像不到，那聲音八九不離十就是魔法打中紫禁宮正門的聲音。

「哎呀真是的。該不會是恐怖分子來襲了吧？挺可怕的呢。」

「夭仙鄉已經沒有魔核了，照理說恐怖分子不可能來襲。有可能是對崗德森布萊德王朝不認同的激進派所為。不……也有可能是意外事故，必須盡快出動調查。」

「既然如此，我們就得離開這個房間吧。」

「為什麼妳還笑得出來？知不知道我們現在面臨什麼樣的狀況啊？」

「我知道啊，所有的一切我都知曉。」

薇兒海絲在說話前已經從口袋中拿出通訊用礦石。

「因為把恐怖分子叫過來的人就是我。」

「……啊？」

「親親會」的蠢蛋們全都在那時睜大眼睛。

那幫人全副精神都放在麻將上，所以她們疏忽了。

完全沒發現薇兒海絲去上廁所的時候，已經偷偷跟外部取得聯繫了。

「該、該不會…………!!」

「這就是我的國士無雙。雖然把那傢伙野放出來需要一點勇氣，但為了守護可瑪莉大小姐，這麼做也是逼不得已的。」

「唔…………!我們走!這樣下去作戰計畫會失敗!」

「請等一下。這裡可是『打麻將沒打贏他人就無法離開的房間』。應該要等到我獲勝才能夠開門吧?」

「妳……!」

「我們繼續吧，妳們可得快點讓我自摸喔。」

這席話讓梅芳咬牙切齒地瞪視薇兒海絲。

這種感覺真棒。他們那些卑鄙的陰謀，就讓她將其全部粉碎掉吧。

☆

「咕哇啊啊啊!?」

「這傢伙是怎麼搞的!?動作也太快了吧……!!」

紫禁宮的衛兵們接二連三被人撂倒。

這裡已經沒有魔核照應，那些夭仙一旦受傷可就慘了。可是他們所遭受的一擊全部都經過精心安排，雖然有人被打飛出去並因此昏厥，但卻沒見他受到更大的傷害。

這是因為出手的人有刻意拿捏力道。

一道白色的人影在走廊上奔馳。只要她一通過，地面就會被凍成白色，而那些衛兵的腳就好像被黏住似的，連動都動不了。

「妳這傢伙！來紫禁宮到底有何企圖!?」

被迫四肢著地趴在地上的衛兵出聲叫嚷。

而那個一身雪白的少女則是朝著地面看了一眼。

「我是要來拯救可瑪莉小姐的，我聽說她在夭仙鄉這邊受到欺負。」

「怎麼可能有那種事！崗德森布萊德陛下正忙於處理政務！現在應該正跟翎子殿下在一起才對——不對，先等等。」

那個衛兵頓時間睜大眼睛，抬頭仰望這位恐怖分子。

她有著一頭輝亮的銀髮，帶著一身寒氣逼人的魔力，還拿著看似危險的魔杖。

此外——不知為何身上穿著在姆爾納特很受歡迎的「閣下T恤」。

「難道妳這傢伙是……不對，您該不會是……！」

「快告訴我可瑪莉小姐人在哪裡，若是你們不希望京師進入冰河期的話。」

「噫噫——！我明白了！小人明白！」

衛兵三兩下就將相關情報透露給入侵者。

這位入侵者的真面目正是——佐久奈・梅墨瓦七紅天大將軍。

是被薇兒海絲解放出來的戰士。

☆

愛蘭翎子的性格以及興趣嗜好都是初代「擔綱者」的翻版。

為了讓她覺醒擁有烈核解放【先王之導】，她曾經受過幾乎形同是在對人洗腦的教育。

但即便是那樣，翎子自身的意志依然在這種情況下萌芽。

那便是她擁有一顆真摯的心——希望能夠成為黛拉可瑪莉・崗德森布萊德的助力。

唯獨這個心願，她一定要守護好。平常的自己——也就是初代「擔綱者」絕對不會做的事情，就算要她去做，她也必定要實現心願。

因此梅芳和世快替她製造的機會，她是不會錯過的。

明明是這樣。啊啊，明明該是這樣——

「——宮殿這邊好像變得吵鬧起來了？是不是有什麼活動？」

可瑪莉的目光在此刻從翎子身上抽離，而且她還開始東張西望起來。

翎子也不知道現在發生什麼事了，可是現在沒空去管那些。

「沒事的，應該是一些衛兵在做訓練吧。」

「都已經這個時間了還在做？好吧，既然翎子那麼說，應該就是那樣吧。」

「嗯，比起這個——」

此時翎子朝可瑪莉靠近一步。

她們的雙肩互相觸碰，令人舒服的熱度傳遞過來。

「翎、翎子!?妳怎麼了!?是不是會冷……!?」

「這、這其實是因為……梅芳交代過我……不對！」

她並不是聽從他人的指示才這麼做，而是出於自身的意志。

「我想要跟可瑪莉小姐在一起。希望能夠被妳當成特別的人看待。就像薇兒海絲小姐和佐久奈小姐那樣……還希望能夠變得比她們更加特別……所以……」

在她耳邊的通訊用礦石傳來了某人的叫喊聲。

可是翎子已經聽不見了。她就連腦漿都被染成粉紅色的。而可瑪莉那對慌亂雙眸中所映照出的是——翎子那彷彿像是幾近沸騰的臉龐，以及她同樣顯得慌亂的面容。對方似乎沒有要拒絕自己的跡象，那麼她就這樣一路過關斬將下去也是有機會的吧——

『——翎子殿下!!妳都沒發現敵人的腳步聲靠近了嗎!?』

剛才那些叫喊聲終於轉換成有意義的字句，輸入翎子的腦袋裡。

翎子這才回過神並抬起臉龐，有件事就在那瞬間發生。

伴隨一聲「咚哐！！！！」——房間的門突然爆炸了。

「可瑪莉小姐!!妳沒事吧!?」

有位銀白色的少女——佐久奈．梅墨瓦跌跌撞撞地跑了進來。

她全身擴散出白色的魔力，房間裡的溫度也跟著一口氣降低。

而且她眼裡還寄宿著殺意，就連翎子都不由得為這份魄力抖著身子喊出一聲：

「咿！」

「佐久奈!?妳怎麼會在這裡……!?」

「是薇兒海絲小姐聯絡我的，說可瑪莉小姐正在遭受變態襲擊——」

佐久奈的眼珠子骨碌碌地轉了一下，接著就鎖定此處。

翎子就很像惡作劇被人發現的孩子一樣，帶著那樣的心情縮住身體。

對了。這樣做是不好的。

如今的情況便是——翎子緊貼在可瑪莉身上，手還放在她的胸口處，為了讓彼此的嘴唇互相重疊，她的身體倒向那一側，陷入了無論如何辯解都無法脫罪的處境中。

©riichu
閣下

被佐久奈散發出的冰冷氣息掃到，她的腦袋也才跟著冷靜下來。

自己是不是正打算做些荒唐事？

「——原來變態就是妳。」

翎子太害怕了，因此陷入動彈不得的狀態。

對方那身足以凍死人的殺意纏繞過來。

「太遺憾了。之前在常世跟妳聊天的時候，我還以為妳是個人畜無害的人。」

「我……並不是要傷害可瑪莉小姐……！」

「是不是該由可瑪莉小姐來決定才對！」

佐久奈拿著魔杖突擊過來。

翎子好歹也是當過將軍的人，對方的動作不至於讓她完全看不清——可是那身極具壓倒性的氣魄卻將翎子嚇住，導致她連挪動一步都辦不到。

啊啊，自己是不是會死在這裡？

正當翎子為此感到絕望時……

「——妳仔細看清楚啊！這女孩是翎子！不是什麼變態！」

「唔欸！？！？」

可瑪莉出面抱住佐久奈的肚子，阻止她繼續進擊。

而且不知道為什麼，佐久奈的臉忽然間變紅，人也變得狼狽起來。

「我是不知道妳被誰灌了什麼迷湯，但我根本就沒事啊！妳睜大眼睛看清楚啊！」

「可、可瑪、可瑪可瑪、可瑪莉小姐！妳突然這樣緊抱著我，害我不知道該怎麼辦才好，還有我來不及做好心理準備。」

「那些都不重要了吧——妳這身衣服是怎麼一回事啊!?妳是直接穿著那套衣服跑來天仙鄉這裡的嗎!?」

「咦?那個、這個……有人突然把我叫過來，我當下能穿的衣服就只有這個！但我完全沒有拿來當平時的便服穿，請妳放心！」

「都、都跟妳說別穿『閣下T恤』了嘛!?若是要換穿其他的衣服，宮殿裡面多得很，妳快點脫下來！」

「要脫衣服嗎!?這樣我會很害羞！」

「我也很害羞啊！好啦快點，我幫妳換！」

「啊、啊、啊啊，可瑪莉小姐，這樣有點——」

翎子啞然失聲地看著她們兩人的一舉一動。

佐久奈身上的殺氣已經消失了。因為被可瑪莉拉著衣服的關係，整張臉都紅了。乍看之下會覺得她好像在害羞，不過——翎子能看得出來。那個少女是因為被可瑪莉抱著，還被她脫衣服，因此覺得開心，肯定沒錯。

這個少女在她面前展現出壓倒性的實力落差。

其他的女孩子正在跟可瑪莉卿卿我我，要翎子突然衝過去襲擊對方，她根本辦不到。

再說還要和可瑪莉那樣你儂我儂地肢體交纏，她更是做不到了。

光是要穿那種衣服在外面走動，翎子就不可能辦到。

『──唔嗯。看來妳似乎還是差了那麼一點呢。』

這話世快是用困擾的語氣說的。

『其實佐久奈·梅墨瓦閣下算是很積極的那種。乍看之下跟妳似乎是同一類人，事實上卻擁有很多妳沒有的東西。我光是待在這邊聽都能聽得出來，知道她是多麼跳脫常理的存在。』

「那我現在該怎麼辦……」

『今天已經沒戲唱了。我們重整旗鼓吧。』

佐久奈跟可瑪莉弄出好大的動靜，兩人看起來感情很好。

不，不是只有佐久奈。恐怕連造就這種狀況的元凶薇兒海絲都跟可瑪莉感情融洽，好到翎子望塵莫及的地步。也許可瑪莉就是喜歡有點古怪的女孩子吧。

此時翎子緊緊地將手握成拳頭，頭跟著低垂下去。

若是繼續觀看在眼前上演的這場攻防戰，她會覺得很難受。

而她也不禁將真實情感洩漏出來。

「我……我真的……沒辦法成為那種變態……」

☆

在那之後，時間又過了三天左右。

跟夭仙鄉有關的魔核問題正逐漸獲得解決。

在其他國家的協助下，他們開始推行讓神仙種登錄在別國魔核中的政策。姆爾納特帝國、白極聯邦、拉貝利克王國、阿爾卡共和國以及天照樂土——所有的國家都願意配合，但這其中最受人歡迎的便是姆爾納特的魔核。這可以說是理所當然的結果吧，因為夭仙鄉的最高領導人天子就是吸血鬼。

夭仙即使待在夭仙鄉內部也無法再蒙受魔核的恩惠，最近似乎有越來越多的夭仙移居核領域，或是他們另外做過登記的魔核所在國度。六國迎來了再也無從逆轉的變化——翎子原本心裡就隱約為此感到不安，如今她的不安逐漸成真了。

但想來她也沒必要擔心吧。

因為這六國還有黛拉可瑪莉．崗德森布萊德可以依靠。

再加上具備良善之心的次世代領導者六戰姬。

這個世界肯定會朝向更好的方向轉變，不會錯的。

「——那麼，為什麼妳要引發那種事件？」

這裡是夭仙鄉的京師。

在京師角落，建了一棟小小的房子。

入口那邊掛著看板，上面寫著「光彩花」。這是預計在下個月開張的園藝店，也是屬於翎子所有。另外還有一點，自從常世的那場騷動結束後，翎子的日常起居都是在這棟建築物裡度過。事到如今要她回紫禁宮，總覺得意願不是那麼高。

而現在在一樓那邊，有四個人聚集。

她們分別是翎子、可瑪莉、薇兒海絲、梅芳。

前些日子宮殿那邊發生了一起事件，這幾個人都是關係人。

「——那個時候就說過了吧。我是想讓翎子和黛拉可瑪莉的關係有所進展。她們兩人實在讓人看了太心急，都快看不下去了。」

梅芳說完這話便噘起嘴脣。

此時薇兒海絲換上狠戾的眼神，並開口說了些話。

「沒必要讓她們有所進展，只要有我在可瑪莉大小姐的身邊就十分足夠了。」

「但翎子是可瑪莉的配偶啊？會希望她們有所進展也是很正常的吧？」

「明明就沒有任何進展卻當配偶，這樣才奇怪吧？我已經準備好離婚證書了，麻煩在上面簽字蓋章。」

「我們才不蓋，翎子應該要獲得幸福。」

「意思是說為了讓她幸福，做什麼都無所謂？也該為我這個被害人設身處地想一想吧。因為遭到妳逼迫的關係，導致我覺醒體會到麻將的樂趣不是嗎？昨天我跟第七部隊的人做賭注，玩麻將輸了五千梅爾。梅芳小姐妳要怎麼負責啊？」

「不是吧，關我什麼事。」

「梅芳，別再說了！」

翎子在那時慌慌張張地出聲。

她再也承受不住，怕有人繼續對她心中的想法說三道四。

「都是我不好。是我不該妄想和可瑪莉小姐變得更加親密。之後那五千梅爾，我會賠給妳的。」

「喂，翎子。妳沒必要跟她道歉——」

「謝謝您。之後若是再輸掉，到時也要麻煩您了。」

「別得寸進尺，吸血鬼女僕！翎子妳幹麼這麼自暴自棄！」

梅芳和薇兒海絲再度爭論起來。

翎子的心情變得好灰暗，她低下頭。這次對可瑪莉和薇兒海絲是真的做了壞事。若是透過那樣的作戰計畫就能解決，那她也不用這麼辛苦了。就算真的成功跟可瑪莉接吻，那也不是因為愛。跟翎子想要的不一樣。

「——唉。那說到底，翎子大人圖的到底是什麼？這次出了這樣的事情，實在很不像妳會鬧出來的。但若是您之前一直都在隱藏本性，那就另當別論了。」

「那是因為——」

翎子稍微猶豫了一下，接著才再度開口。

「我很希望有家人……或許是因為這樣吧。」

對。這麼說是最貼切的。

她沒有兄弟姊妹，就連父親也對她這個女兒漠不關心。

翎子不太清楚家庭的溫暖是什麼樣子的。

所以她才會一直都很憧憬——而且希望跟可瑪莉發展出那樣的關係。

「但並不是什麼人都行。是因為對象是可瑪莉小姐，我才願意。她可是為我的夢想給予聲援的可瑪莉小姐——」

「雖然我聽了不是很懂……」

原本一直沉默不語的可瑪莉開口了，她用手搔搔臉頰。

「所謂的成為家人，具體來說是怎樣？只要牽個手就能變成家人嗎？」

「我想應該沒辦法……」

「也是啦，其實我也一點概念都沒有。再說成為家人的條件，又不是僅限於一定要有血緣關係。我跟翎子好歹算是已經結婚了，但因此就說我們是家人，我還是會覺得怪怪的……」

「嗚…………」

「啊，抱歉！我說這些話沒有惡意。」

「可瑪莉大小姐跟我就算是家人呢，我們可是發誓將來要在一起的伴侶。」

「我可不記得有跟妳交換過那種誓言。不過呢，我覺得雙方之間有信賴是很重要的。」

帶著嚴肅的表情，可瑪莉將雙手交疊放到胸前。

「不需要盤算利益得失，能夠直接給予信賴，或許這就是家人吧。像我就很信賴自己的爸爸媽媽，還有兄弟姊妹。但除了這些正式的家人，在其他人之中，我想翎子是最值得信賴的那一個。」

「咦？」

「這是怎麼一回事，可瑪莉大小姐!?身邊都已經有我了，卻還對其他的女孩子甜言蜜語……！為了弄清可瑪莉大小姐心中的想法，我要來揉您的胸部，這樣可以吧？」

「當然不行啊，去旁邊啦!!快看看翎子，她都被妳的變態行為嚇個半死了啊！」

但翎子才不是被嚇到。

「我實在沒辦法做出那種事情。」——她是在想這個，而且嘗到了戰敗的滋味。

可瑪莉用手壓制住女僕，視線朝著翎子看過來。

「翎子妳並不會像這傢伙一樣，做些奇怪的事情對吧？妳既認真又堅強，而且很努力，身高跟我差不多高，我們的視線高度剛好能夠對在一起。跟妳在一起會覺得很舒服，在我心中，妳是個特別的人……若是翎子也能這麼想，我會很高興的。」

「那、那個……跟我在一起很開心嗎？」

「那當然。會覺得很療癒，就算陷入沉默也不覺得痛苦。」

原來是那樣？那麼會感到尷尬的就只有我？——翎子帶著錯愕的心情望著可瑪莉。

緊接著她察覺一點。

那就是先前那些都是白搭了。

雖然自己沒辦法成為像薇兒海絲或佐久奈那樣的變態，但是可瑪莉對她說「在一起很舒服」。她沒必要勉強自己模仿，只要靠她自己的做法和可瑪莉加深情誼就可以了——翎子總算明白這一點。

「——可瑪莉小姐，那我想要多多和妳相處，這樣也可以嗎？」

「我還想拜託妳多待在我身邊呢。因為跟翎子在一起好開心，而且妳還是這世間很罕見的清純女孩……若是妳今後能夠繼續當我的好朋友，我會很高興的。」

「可瑪莉大小姐，我也很清純。」

「嗯，我會當妳的朋友——也會以妻子的身分繼續支持可瑪莉小姐，我會朝著這個方向努力的。」

「對、對喔。在夭仙鄉這邊，翎子算是我的結婚對象呢。」

「可瑪莉大小姐，我也算是結婚對象。」

「妳先安靜一下啦!!」

可瑪莉和薇兒海絲開始拌嘴了。

若是要變成像她們兩人那樣的關係，或許會很困難。

但不可思議的是，翎子的心境變得豁然開朗起來。

許久未曾站在將軍角度動過的腦袋開始作動。

照這個樣子看來，可瑪莉都還沒有跟任何人發展成特別的關係。即便是碰到像薇兒海絲或佐久奈那樣的女孩，兩人行動上十分積極，也還是無法和可瑪莉成為家人。那這樣一來，自己肯定還有機會。

按部就班來才是最重要的。

多多接觸所帶來的效果，意外地不容小看。

願意主動出擊的人，一定會有好結果——翎子想起從前梅芳曾經對她那麼說過。接下來別再去想「自己不配」，她只要努力待在可瑪莉身邊就好了。不需要太過急躁，只要慢慢建立信賴關係，那樣就行了。

「我看我搬到姆爾納特帝國好了。」

「「咦？」」

翎子邁步走向牆邊。

那裡放了很多拿來當商品展示用的花束。

她仔細端詳色彩繽紛的花卉，接著選出心中覺得最合適的花。

「雖然這間店──『光彩花』原本預計要在京師這邊開張，但我覺得在帝都那邊開店好像也不錯。反正我的血液是登記在姆爾納特帝國的魔核中，而且……這樣還能增加跟可瑪莉小姐在一起的時間。」

「……妳動機不純呢。想要搬家是妳的自由，我沒辦法干涉，但我會徹徹底底護好可瑪莉大小姐，不可能讓妳稱心如意。」

「呵呵，那也沒關係──可瑪莉小姐，請收下這個。」

翎子將一束花遞給可瑪莉。

可瑪莉則是用錯愕的目光回看她。

「要給我啊？好漂亮喔。」

「之前給妳添麻煩了，這個就當是賠禮。這朵比較大的紫花名字叫做『愛蘭香』，在天仙鄉這邊，有把這種花送給珍視之人的風俗。」

薇兒海絲跟著說了聲：「珍視之人??」還瞪了過來。

翎子差點被嚇到，但她可不能在這種時候退縮。

「我想要跟可瑪莉小姐成為家人，今後也想要盡量和妳待在一起。但若是妳會覺得困擾，那我也會有所節制的……」

「我不覺得困擾啊，我也想跟翎子變得更加要好。」

「可瑪莉大小姐，若是您打算搞外遇，那我今後都要把臉埋在可瑪莉大小姐的衣服裡生活。」

「什麼叫做搞外遇啊!?翎子對我來說可是很重要的人耶!?」

「「重、重要的人……」」

翎子知道自己的臉不由自主地變得滾燙起來。同一時間，薇兒海絲則是面色鐵青。

重要的人——可瑪莉願意那麼想，翎子就已經很滿足了。

她露出甜甜的微笑，接著一臉若無其事地坐到可瑪莉身側去。

「對我而言，可瑪莉小姐也是很重要的人。若是我搬到姆爾納特去，到時再麻煩妳多多關照了。」

「啊，妳真的要搬過去？」

「是有那個打算喔，也請薇兒海絲小姐多多指教。」

「什麼……妳現在是在嘲笑我吧!?都已經跟可瑪莉大小姐在一起一年以上了，到現在還是沒辦法拿下她，妳肯定在心中嘲笑我吧!?」

「咦？那個——我並沒有這麼想……」

「不，妳就是那麼想的！可瑪莉大小姐一定是屬於我的！可瑪莉大小姐，不能對她產生羈絆感！這個名字叫做愛蘭翎子的少女已經升格了，她是跟梅墨瓦大人同等級的危險人物！為了守護可瑪莉大小姐，今天一整天我都要黏在您身邊過活。」

「喔哇啊啊啊啊!?都叫妳不要貼著我了！再說跟佐久奈同等級，那就算很安全吧！討厭、夠了喔，若是把花弄散該怎麼辦！」

這時梅芳在一旁聳聳肩膀，一臉「拿妳們沒辦法」的樣子。

翎子沒辦法做出跟薇兒海絲一樣的事情，但這樣也無妨。圍繞在可瑪莉身邊的人們，似乎都有點偏激，當可瑪莉小姐感到疲憊時，她只要成為足以療癒她的人就好了。

翎子轉眼看向可瑪莉抱在手中的花束。

那是很久以前會在華燭戰爭中送給新娘子的花——愛蘭香。

花語是——「掠奪之愛」。

雖然薇兒海絲跟佐久奈都是強大的敵人，但只知道逃避不可能得到想要的東西。

前些日子舉辦的華燭戰爭已經讓她充分明白這點。

「──快救救我，翎子！薇兒就是個變態！」

「妳、妳沒事吧？好乖好乖。」

「嗚嗚嗚……翎子果然是正常人，真好……！」

「若是遇到困難，隨時都可以來找我幫忙。我一定會幫可瑪莉小姐的。」

「翎子大人，您明明就不是正宮，請別展現正宮才會有的餘裕感。單純是因為夭仙鄉的奇怪法律推波助瀾，妳才能和可瑪莉大小姐結婚，事實上根本連妻子都算不上。」

「這我都明白，所以才希望今後能夠跟可瑪莉小姐變得更加要好……」

「唔…………」

不知道為什麼，薇兒海絲臉上那表情就很像是惡魔遭到光芒淨化似的。雖然不是很懂，但為了能夠跟可瑪莉小姐在一起，我要努力──翎子在心底深處下了這般決心。

如此一來，夭仙鄉這邊的問題算是大致上都收拾完了。

可是愛蘭翎子的百花繚亂從此刻才正要展開。

常世這邊已經找回了一定的秩序。

神聖雷赫西亞帝國發布了「停戰大號令」，發生在世界各地的戰鬥也因此暫時停擺。目前透過神聖教當中間人，各國正在締結各式各樣的條約，絲畢卡和黛拉可瑪莉所冀盼的和平局面正逐步實現。

至於被人們當成功臣且受到尊崇的——

正是神聖教教皇，那位銀白色的幼女——克萊梅索斯五百零四世。

「歡迎各位來參加這場集會！今日余想要發表前些日子想到的美妙政策！」

此處是位在神聖雷赫西亞帝國大聖堂內的「燭臺之室」。

放眼環顧那些會議參加人，克萊梅索斯五百零四世高聲喊出這句話。

今天的成員就是平常那三個人。

有坐在沙發上看新聞報紙的天津覺明，他一臉愛參加不參加的樣子。

還有趴在桌子上大聲打呼睡得香甜的蘿妮．科尼沃斯。

以及將資料攤開，忙著處理公務的特利瓦．克羅斯。

他們原本都是歸屬於逆月這個組織的恐怖分子，私底下算是克萊梅索斯五百零四世的輔導老師，同時也是絲畢卡．雷．傑米尼的部下。他們身為教皇的輔佐人，現在已經住在大聖堂這邊過生活了，為了解決常世的問題，四處替教皇奔走。

可是這幾個人實在是太能幹了，導致教皇都沒機會表現。

她覺得自己也該適時展現一下威嚴才對——為此焦急了好一陣子。

「神聖雷赫西亞帝國缺乏娛樂。就是要有娛樂，人們才能夠努力工作。於是余打算興建各式各樣的遊樂設施。首先要建設專供孩子們遊玩的動物園和遊樂園——」

「這個提議駁回。」

身為蒼玉種的男子將那項提議無情回絕。

這位仁兄便是特利瓦．克羅斯。

「以費用帶來的對價效果來看，CP值極低。那種事情交給民間去做就好了。我們應該朝更實用的區塊投資。」

「這、這麼說也對。那要不要開點心工廠？吃過迦流羅做的羊羹，余就有個想法，只要推出美味的點心，人們吃了，心境或許也會跟著變得平和起來。」

「不准。」

「那、那不然就打造運動設施好了！改善市民的健康狀態是很重要的！余覺得弄保齡球館或網球館這類遊樂設施或許不錯。」

「不准。」

「…………嗚嗚。」

克萊梅索斯五百零四世覺得好無助。

特利瓦不停啪啦啪啦地翻閱資料，嘴裡重複說著：「駁回。」

這位教皇都覺得有點想哭了。

在神聖雷赫西亞帝國裡，存在著「教皇諮詢機關」這樣的機構。

教皇提出來的意見，實際上是否真的能夠執行，該組織將會幫忙討論可行性。

而法律上規定這樣的組織要有三名成員——目前就是由特利瓦、科尼沃斯和天津來擔任。他們會透過多數決來表決，用於決定是否推行教皇提出的政策，可是特利瓦和科尼沃斯動不動就否決克萊梅索斯五百零四世。不對，正確說來是科尼沃斯已經把決議權讓給特利瓦了，於是特利瓦就能專斷獨行否決一切。

情況一直都是這樣。

而且那些逆月成員還背著克萊梅索斯五百零四世，擅自處理了各式各樣的公

© riichu

務，在克萊梅索斯五百零四世無從干預的情況下，這整個世界正逐漸受到整合。

這樣下去她就跟傀儡沒兩樣。

可是去反抗他們又讓人感到害怕。若是隨隨便便開口抱怨，她有可能會被當成晚飯的配菜吃掉。可是可是——若甘於接受現狀，她身為教皇的自尊心又不允許自己那麼做。被神明大人選出來的並不是逆月，而是「米夏・蒙特利維西卡亞」才對，若是繼續任由那些人掌握實權，那她就太對不起神明大人了。

「特、特利瓦！余、余……一直都很希望世界變得和平起來。」

特利瓦在這時瞪了她一眼，那眼神像是在質疑她。

雖然克萊梅索斯五百零四世的眼淚都快流出來了，但她還是逼自己的肚子用力，藉此把眼淚憋回去。

「當然余也很想跟你們齊心協力一起努力！余也會出很多點子的！或許這些點子都不合你們的意……但余還是希望你們能夠先認真討論一番！若是一股腦駁回，就連余都會覺得很受傷！希望你們能夠多多討論再——」

「我拒絕。」

「嗚……咿嗚……啊嗚啊嗚……嗚啊啊啊啊啊啊啊！」

她撐不下去了。

米夏・蒙特利維西卡亞才十歲。

被幼稚的大人欺負，還被欺負到哭，這也不能怪她。

而在那之前一直大睡特睡的科尼沃斯這時撐起上半身，開口說了一句：「好吵喔——」。

「……啊？小克萊哭了？你又——幹了什麼好事啊，特利瓦。」

「跟我沒關係，是教皇猊下自顧自哭起來的。」

「怎麼看都是你害的吧。好囉——不哭不哭喔，發生什麼事了——？這樣很吵，若是妳能快點停止哭泣，那姊姊才能幫妳啊——？」

「嗚咕、咿嗚…………是特、特利瓦他……把余、余的提議都、駁回了……！說不需要點心工廠也不需要遊樂園……！」

「確實是不需要那種東西。」

「嗚哇啊啊啊啊啊啊啊啊啊啊啊啊啊啊!!」

「抱歉抱歉！需要！很需要啊！遊樂園很重要呢！」

科尼沃斯在那時說些話來安撫，感覺就附和得很刻意的樣子。

而這種微妙的溫柔表現反而讓克萊梅索斯五百零四世更難受了。

他們骨子裡都把自己當成小孩子對待。這幾個人對教皇猊下抱持的期待就只有一個，那就是要她扮演能夠吸客的熊貓。但這點讓克萊梅索斯五百零四世覺得好懊惱。

「喂，特利瓦！小克萊說的話，你也多少聽進去一點啊！可是蓋遊樂園實在太花錢了，我看過一陣子來弄個人體實驗場好了！這樣跟常世有關的研究將會有飛躍性的進步，若是對一般民眾公開，還能夠募集資金！簡直一石二鳥。」

「嗚哇啊啊啊啊啊啊啊啊啊啊!!」

「這個提案倒是有參考價值。比起教皇猊下那不值一提的點子，這個想法更加實用好幾百倍。」

「嗚哇啊啊啊啊啊啊啊啊啊啊啊啊啊啊啊啊啊啊啊!!」

這些人根本就把她的話當耳邊風。

到頭來她就連神明大人託付的使命也都沒有機會實現了——

「——教皇猊下，要不要出去散散心？」

「嗚哇啊啊啊啊啊啊——唔欸、咦？」

那個特利瓦和科尼沃斯正在為人體實驗場聊得火熱，而在那兩人身後。

天津覺明將手中的報紙摺起來，同時一雙眼望向這邊。

「待在這邊也只會讓妳喘不過氣，偶爾出去呼吸一下外頭的空氣也不錯。」

「可是……」

她也很怕這個人。要他們兩人一起出去，那可不是在開玩笑的。

可是接下來天津卻提出令克萊梅索斯五百零四世意想不到的提案。

「既然都已經跟現世互通了，雖然一般人禁止通行，但我們只要辦完正式手續就沒問題——妳想不想去見迦流羅和黛拉可瑪莉？」

「想……！」

克萊梅索斯五百零四世終於不再流淚。

如果是這樣——如果是這樣的話。

稍微外出逛逛好像也不錯。

☆

經歷了常世的那場戰鬥後，時間過去了大約一個月。

在核領域的溫泉小鎮法雷吉爾上空所開的那個空洞，如今依舊存在。

薇兒說了，那個洞好像被人取了個平淡無奇的名字，就叫做「大門」。

目前由六國政府共同管理，並和對面那一側的國度——在諸國中主要是跟神聖雷赫西亞帝國做了協議，雙方正在展開各種調查。

艾絲蒂爾還說「這裡觀光客大增導致紅雪庵那邊忙翻了」。聽說最近她的妹妹莫妮卡也到旅館裡面工作，但即便如此人手還是不夠，一旦來到星期六，艾絲蒂爾也會回老家當幫手。就算假日要工作也不喊苦，真不愧是艾絲蒂爾。

先不說這個了。

跟常世有關的事情，目前的我也沒辦法幫上什麼忙。

雖然很想見見在那邊認識的好朋友們（像是柯蕾特跟小克萊），但沒有經過特別許可，目前是沒辦法通過那扇大門的，而我對這種現況也無能為力。

所以現在的我只要好好放鬆休息就行了。

因為除了工作，我還有其他要做的事情。

自從迦流羅在天舞祭中取得優勝後，我就一直加緊趕工某項作業，如今總算即將迎來開花結果的那一刻。簡單講就是——我寫的小說《黃昏三角戀》將會在夏天發行。

一路走來真的發生了好多好多的事情。

像是帝都毀壞，中了奸計前往溫泉小鎮，然後隕石掉下來，導致我被傳送到謎樣的異世界去——這麼多次的危難，我每次都驚險度過，而且還持續寫作，這下總算、總算成功迎來發行的那一天。

常世的事情固然重要，但我現在還是好好當個家裡蹲，埋頭為最後的收尾工作努力吧——原本是這麼打算的。

「——歡迎來到這一側！希望你們能夠玩得盡興！」

「唔、唔嗯！謝謝！」

© riichu

這裡是法雷吉爾溫泉小鎮。

有一行人從高空中的大門慢慢降落下來，他們身上都穿著神職人員服飾——那是教皇克萊梅索斯五百零四世的使節團。出面迎接的納莉亞帶著滿臉笑容靠近他們，然後她毫不猶豫地握住小克萊的手，用力上下揮動。

「之前在常世都沒機會跟妳說上話呢！我是納莉亞・克寧格姆！阿爾卡共和國的總統，還是個翦劉種喔！」

「余是克萊梅索斯五百零四世，目前正擔任神聖教的教皇——」

「這些我都聽說了，妳好像只有十歲？年紀那麼小卻很努力，妳好棒喔！」

「嗚咕!?夠、夠了，不要摸我的頭髮！別抱我！不要把我當成小孩子～！」

「妳好可愛喔～！若是小克萊不嫌棄，要不要當我的妹妹？我可以帶妳在這個世界裡到處玩喔！」

我面無表情地盯著納莉亞和小克萊這一連串互動。

妹妹？為什麼是妹妹？只要年紀比自己小，找誰來當妹妹都可以嗎？

「可瑪莉大小姐，若是您想要姊姊，我可以讓您撒嬌喔。」

「我、我才不需要！話說沒想到小克萊會來這邊，我好驚訝喔。不是已經立下規矩，說目前還不能使用大門嗎？」

「因為官方那邊還在針對安全性做確認。但據說已經有在逐步朝著方便各國重要人士往來的方向調整了。想來這次身先士卒的人便是教皇猊下了吧。而且還聽說企劃這次來訪行動的，正是神聖雷赫西亞帝國的天津覺明大人——」

「對，已經收到兄長寄來的相關信件了。」

此時耳邊傳來一道「叮鈴」聲，是鈴鐺的聲響。

一位身上穿著和服的少女——天津迦流羅就站在我身旁。

「他希望我能夠陪同小克萊做社會見習。但就只有天照樂土出面，可能會惹上麻煩事，於是我就把納莉亞小姐和可瑪莉小姐也叫過來了。在妳們那麼忙的時候邀約，真的很對不起。」

「這麼做完全沒問題啦。可是天津都沒有要來嗎？啊，我在說的是迦流羅的那位哥哥。」

迦流羅在這時「唉」了聲嘆口氣。

「兄長一直都沒有過來這裡。他好像說有別的工作要處理……在那之後他就一直待在神社雷赫西亞帝國，都沒有回來喔。其實他可以稍微抽點時間回來看看嘛，不覺得這樣說很對嗎？」

「迦流羅真的很喜歡這位哥哥呢。」

「那、那那、那種事別說得這麼露骨！姑且不談喜歡還是討厭，身為家人，我當然會關心他的安危！」

「聽說有傳聞指出覺明叔叔跟基爾德關係很好喔。」

「這是怎麼一回事，小春!?」

對了，聽說逆月的成員都在常世那邊工作，已經變成小克萊的智囊團。

而且他們都嚴格服從絲畢卡的命令，暗中活躍，為的是平定常世的戰亂。

但即便如此依舊讓人不安。天津就算了，交給那個特利瓦和科尼沃斯去做沒問題嗎？希望小克萊沒有被他們嚇到——

「迦流羅！黛拉可瑪莉！妳們好啊！」

掙脫納莉亞拘束的小克萊跑到我們這邊。

這位教皇大人跟我好久沒見面了，她的個子還是一樣嬌小，看起來好可愛。

「妳好，小克萊。肚子那邊的傷已經不要緊了嗎？」

「當然啦！余是蒼玉種，身體很好的！黛拉可瑪莉跟迦流羅，妳們是不是也過得很好呢？」

「我就跟平常一樣啊，迦流羅也很有精神。」

「咦？對、對啊。我白天都有在打瞌睡——」

話說到這邊，迦流羅突然驚覺自己說錯話，趕緊望向小克萊。

「對了，小克萊妹妹。我們才剛重逢，這樣問或許很奇怪，但是聽說覺明兄長跟那位基爾德小姐好像相處得不錯，這是真的嗎？」

「唔唔？基爾德……？這麼說來，有個常常來大聖堂的黑衣女子好像就叫那個名字……余有看過她在跟天津說悄悄話喔。或許那個就是所謂的『女朋友』吧！」

迦流羅當下差點暈倒，幸好有小春撐住她。

原來天津跟基爾德是那樣的關係？在我這個寫了許多戀愛故事的稀世賢者看來，會覺得他們兩人完全不是那種關係。但是為了迦流羅，或許有必要先做個調查。

「對了，小克萊！接下來妳要去哪裡呀？要不要去吃點好吃的？還是要讓可瑪莉穿上女僕裝，跟我們一起玩呢？」

納莉亞開始毫無顧忌地揉捏起小克萊的肩膀。

讓我穿女僕裝有什麼樂趣，我無法理解。

這時小克萊嘴裡發出「唔唔唔」的聲音，開始煩惱了起來，臉上的表情顯得很認真。

「……其實——余這裡有件事想要請教妳們三位。」

「想要跟我們請教？」

無論是迦流羅還是納莉亞，她們都不解地歪頭。

是要問什麼啊？如果想要問美味的蛋包飯專賣店，我是有辦法告訴她啦——可是接下來小克萊極為認真地提出了某個要求，內容恐怕還是在場所有人都沒料想到的那種。

「妳們都是在掌管龐大國度的人，有事情想要拜託妳們！」

小克萊在那時忽然跟我們拉近距離。

「麻煩妳們教教余吧！告知該用什麼方法才能讓囂張的部下屈服！」

「「「……」」」

我們幾個不由得面面相覷。

我看我還更想知道答案吧。

☆

小克萊是神聖雷赫西亞帝國的領袖。

而神聖雷赫西亞帝國在常世那邊，定位上形同是在統治四十二個王國及地區。

換句話說，這位克萊梅索斯五百零四世正是統領一整個世界的超級領袖，她不僅是和平的象徵，還是神的代言人，是神聖不可侵犯的幼女霸主。

可是對她而言，逆月的存在令她處處受挫。

常世之所以能夠安定下來，他們確實是有一定的貢獻，這點自然不在話下，但是聽說那幾個人都把小克萊這位領袖所說的話當耳邊風。無論聽到她提出什麼樣的意見，都會當場駁回，聽說這陣子甚至臭罵她，對她說：「什麼都不懂的小孩子去旁邊玩積木就對了。」

所以小克萊才會想要給逆月那些人一點顏色瞧瞧。

做法就是來找納莉亞、迦流羅跟我，向我們學習「在上位者的處世手段」。

「——歡迎妳來參觀。這裡就是天照樂土的中樞櫻翠宮。」

那座城就位在天照樂土的東都——通稱「花京」的中心地帶內。

在天舞祭舉辦期間，我曾經來過這邊，看上去還是一樣很有威嚴。

這裡有好幾棟樸實雄偉的木造建築，還有粉紅色的花瓣輕飄飄地飛舞散落，打造出夢幻般的景象。那些都來自佇立於櫻翠宮的櫻花樹，樹齡已經有八百年。在根部那邊還附設了名字叫做「天託神宮」的神社。

聽說這裡祭拜的神明能夠助人結緣什麼的。而這所有的設施加起來就統稱櫻翠宮。

「哇～！好壯觀喔！好像來到另一個世界……！」

「呵呵，但是這裡對小克萊妹妹來說，確實是另一個世界啊。或許沒有太多有趣的東西，但是妳可以盡情參觀，直到盡興為止。」

「好啊～！」

小克萊一雙眼睛都在發光，還快步跑了起來。真可愛。

納莉亞接著用調侃的目光看了過來，嘴裡說了句：「我說迦流羅。」

「拿妳當學習榜樣沒問題嗎？我看妳在工作期間也都在打瞌睡吧？」

「我、我才沒有！我總是在履行大神的職責，一直都很勤勞！」

「這個給妳看，迦流羅大人曾經在開會途中打瞌睡，都已經被拍成照片了。」

「等等啦，小春！若是一個沒弄好被小克萊看見，到時該怎麼辦!?會對教育帶來負面影響的。」

「那妳不要做出會對教育造成負面影響的事不就好了……？」

「我又不是什麼完人，有的時候會鬆懈也是很正常的吧。」

「但妳不是全宇宙最強的大將軍嗎？」

「那個肯定是在騙人的啊！」

啊，她承認了。

迦流羅的臉龐瞬間朝我們逼近——

「妳們兩個仔細聽我說。接下來我們必須偽裝成「精明能幹的前輩」，這樣才能成為小克萊的學習榜樣。就算曾經用君王的身分做出很可恥的行為，那也一定要隱瞞到底。」

「但是我並沒有做過什麼可恥的事啊？」

「我也只是在當個將軍而已。不過呢，奇怪的是現在還變成天仙鄉的天子了……」

「總而言之大家都要多加注意！小春妳也不要隨隨便便對外散布我的醜態！」

「瞭解——」

「這點倒是需要注意，薇兒妳也不要對外透露跟我有關的奇怪消息喔。」

「自然是不會，可瑪莉大小姐可恥的姿態是只屬於我們兩個人的祕密。」

「那種說法聽起來很噁心耶，別這樣啦。」

不管怎麼說，我都希望能夠讓小克萊看到我帥氣的一面。

雖說若是想要找到方法讓部下屈服，這麼做是否能夠讓她當作參考，我也不是很確定啦。

那時小克萊帶著笑容跑了過來，嘴裡說著：「迦流羅～！」

「余也想參觀宮殿內部！還想看看妳在工作的地方！」

「我知道了。若是能夠讓小克萊妹妹拿來當作參考，那也是我的榮幸。」

迦流羅馬上為她帶路，臉上笑咪咪的。

那我們也過去參觀一下吧。

搞不好還能拿到點心也說不定。

我們大家在櫻翠宮那條長～長的走廊上走著。

每當女官和我們擦身而過，她們就會停下腳步，對我們深深鞠躬。迦流羅會對這些女官揮揮手，並且跟她們親切地說些話，像是：「早安。」或者是「各位過得還好嗎？」

「好厲害呀！這正是余所期盼的『偉人』應有姿態……！」

「大神的工作就是以一國領導者身分領導大家。跟在宮殿裡面工作的人建立起良好關係是很重要的，所以有的時候我會像這樣跟他們親切交談，或者是在休息時間送點心給大家。」

「原來迦流羅也下了很多苦心啊。」

「是啊，平日裡只要事先跟他們打好關係，就算有時要稍微偷懶一下也是——」

「偷懶……??」

「我說錯了。就算不小心犯了點小錯誤，他們也往往都會包容我。」

為了以防萬一，事先收買部下是很重要的。

若是我平日沒有到處分送餅乾，搞不好現在都已經被他們弄成絞肉了。

「原來是這樣啊——那余是不是也該跟那些逆月成員打好關係……」

「但他們是恐怖分子啊，沒必要特地跟他們打好關係吧。」

納莉亞在說這些話的時候，手裡還在玩弄小克萊的銀色頭髮。

然而小克萊卻回了句「不」，並搖搖頭。

「余覺得跟他們攜手合作是很重要的。就算對方是很可怕的恐怖分子，也要努力跟他們拉近距離，這才是神聖教推崇的做法。」

「原來是這樣啊，看來小克萊真的很善良呢。」

「余只是在遵從教義罷了！總之迦流羅的做法，余想要拿來當作參考。迦流羅是受到人民尊敬的偉大領導人，而且製作點心的手藝還是宇宙第一。余想要變成像迦流羅這麼帥氣的人！」

「是、是這樣嗎？」

迦流羅在那時有些雙頰泛紅地看向一旁。

「那我明白了。既然妳都這麼說，我就展現給妳看吧——讓妳看看號稱宇宙最強的大神天津迦流羅工作起來是什麼樣子！若是能夠讓小克萊妹妹和逆月的關係有所改善，那就太好了。」

「迦流羅大人，太過得意忘形的話，小心之後吃癟喔。」

「我才沒有得意忘形，這就是平常的我。」

「所以您才會一天到晚被打臉……」

「總之我們走吧！我的辦公室就在那邊——」

「——喂，迦流羅！妳又跑到哪裡去亂晃了！」

「呃！」

此時那個看起來像辦公室的房間忽然傳出很大的呼喊聲。有個人朝這裡快步走來，是頭上佩戴虹色髮飾、眼神如刀刃般銳利的少女，擁有這特徵的人——正是玲霓花梨。

迦流羅當下的表情就像踩到毛毛蟲一樣，她立刻向右轉身。

「我去上一下洗手間。不好意思，再麻煩可瑪莉小姐跟其他人去應付花梨小姐吧——咕欸！」

「給我站住！也不想想工作都堆積多少了！」

花梨一把抓住迦流羅的頸根。

小春還跟著拿出鎖鏈捆住迦流羅的身體，藉此封住她的行動。

「好久不見啊，花梨。迦流羅是做了什麼嗎？」

「原來是崗德森布萊德小姐……沒什麼，不用在意。只是像平常一樣，這傢伙又丟下工作跑出去玩了。所以我打算一如既往給予她跪坐針氈的懲罰。」

「我沒有在玩！今天是約好要和小克萊妹妹跟可瑪莉小姐一起玩！」

「那不就是在玩嗎！」

「先、先等一下！」

小克萊在那時將兩隻手都握成拳頭，人來到前方站定。

「迦流羅是為了讓余能夠在現世這邊開心參訪，才努力打點的！這些作為也算得上是在做偉大的外交工作吧!?」

「不好意思，克萊梅索斯五百零四世猊下，不至於像妳說的這樣。我們這位懶惰的大神，在我之前出差前往白極聯邦的一星期間，因為沒有人盯著她的關係，似乎每天都過著放蕩的生活。還是一天打混十個小時啊，是十小時。」

「十個小時??」

「我說的是大白天打瞌睡的時間！明明晚上都已經睡夠了！」

「什麼!?」

小克萊的背後彷彿打過一道閃電。我覺得我好像看到那種景象了。

「十、十個小時……!?身為大神，白天打瞌睡的時間那麼長可以嗎……!?」

「妳絕對不能學她，小克萊。都是因為工作堆著沒處理，這位玲霓花梨才會這麼生氣。」

納莉亞說得沒錯。

我看迦流羅搞不好比我更會打混摸魚。

但是她會想要打混摸魚的心情，我也能理解啦。

「——為、為什麼花梨小姐會知道那些!?我明明就已經（用和風點心）賄賂過宮殿裡面的所有人，要他們守口如瓶了！」

「我是從小春那邊聽說的。」
「小春～！為什麼妳老是要做會對我造成困擾的事情啊!?」
「因為花梨賄賂我。」
「妳說……什麼……!?」
迦流羅已經成了被鎖鏈捆綁了好幾圈的蓑衣蟲。
「快放開我，小春！」「這是對上司應有的態度嗎!?」「下次我會給更多的賄賂！」——迦流羅所做出的發言根本不像大神該講的，而且還被自己家的忍者拖走。那跟小克萊心中所描繪的「理想君主」有一大段落差。眼下小克萊就一副幻想破滅的樣子，整個人僵在原地。
最後體悟到自己死期將至的迦流羅對著小克萊大喊。
「小克萊妹妹！重點其實大致上可以分成三個！第一，要努力跟下屬打好關係！第二，要適當放鬆蹺班！還有第三——」
迦流羅在這時忽然換上特別認真的表情。
「——一旦蹺班的事情穿幫，那就要盡全力努力工作！」
「煩死人了！趕快去工作啦！我也會幫忙的！」
迦流羅就這樣消失在辦公室裡。
納莉亞和薇兒都在嘆息，嘴裡說著：「真受不了——」。才剛開始就讓小克萊撞見會對教育造成不良影響的景象，算了，迦流羅偷懶的事情，看也知道早晚都會穿幫，去擔心她也於事無補吧。

☆

接下來有一陣子，我們都在東都這邊觀光。

第一次看到異世界景象的小克萊，情緒可以說是高漲到不行。

她還大啖在攤販那邊買來的烤雞跟饅頭。

看了路邊有人用魔法做雜耍表演，更是興奮地大呼小叫。

而且常世那邊並不會舉辦娛樂性戰爭，她為此興致盎然地追問一番——還有一件事，小克萊一聽說娛樂性戰爭是什麼樣子的，當下便大感吃驚並說了句：「這種活動好野蠻……。」我真想對此表達全面贊同。

情況就像這樣，我們在東都中盡情遊樂，可是小克萊能夠待在這裡的時間是有限的。等到去蕎麥麵店吃完午飯後，我們就要透過【轉移】魔法前往阿爾卡共和國的首都。

「歡迎光臨！這裡就是阿爾卡的總統府喔！」

眼下納莉亞正帶著滿臉的笑容，張開雙手。

好久沒來阿爾卡了。

從前被我跟納莉亞弄得面目全非（好像有過這麼一回事）的總統府已經完整重建，變成能夠凝聚翦劉種的國家地標。這裡有施工精緻的噴水池和大理石雕像，還有配置得整整齊齊的草木籬笆——跟天照樂土不同，呈現出另一種樣貌的力與美。

「「「歡迎您歸來，主人。」」」

在納莉亞的帶領下，我們進到建築物裡，就在那瞬間——

女僕。女僕。女僕。

加總起來人數約莫來到三十人的女僕軍團整齊劃一地朝著我們低頭鞠躬。

咦？這裡是總統府吧？不是最近在帝都很流行的女僕咖啡廳對不對？——眼前這意料之外的光景，甚至讓我心生那一連串疑問。

話說回來，我記得納莉亞好像對女僕很著迷？

之前就有傳聞說總統府裡的僕人全部都是女僕，原來這個傳聞是真的啊。

「納莉亞大人！您回來啦！」

在這之中特別醒目的，莫過於那位有著一頭橘色頭髮的少女。

她是凱特蘿‧雷因史瓦斯。還曾跟主人納莉亞刀劍相向過，是有點冒冒失失的女僕，但同時也是個武鬥派。她臉上的微笑像極了向日葵盛開，接著那位女僕便踩著小碎步靠近這裡。

「妳們是克萊梅索斯五百零四世猊下及其同行者吧！請往這邊走，我們都已經準備好要招待妳們了！」

「謝謝！妳真是個優秀的女僕呢！」

「欸嘿嘿……」

被納莉亞摸頭後，凱特蘿臉上隨即綻放笑容。

在我隔壁的薇兒也跟著拉拉我的衣服，嘴裡說著：「我也很優秀，請您撫摸我。」但是被我無視了。

「好、好厲害！原來這邊的人也都很仰慕納莉亞呀……！」

「這些人都是我的女僕。女僕的工作就是要侍奉主人。換句話說，讓部下成為女僕的那個瞬間，就形同讓他們屈服了。」

「喔、喔喔喔喔……！就是這個！余想要的就是這個啊……！那是不是讓特利瓦和天津穿上女僕裝就可以了!?」

「噗！——對、對啊！我覺得這個點子不錯喔！」

「喂，納莉亞，不要亂教她！若是小克萊當真了該怎麼辦！」

「我開玩笑的啦。可是我們這邊跟迦流羅那邊有點不一樣。那傢伙氣勢太弱了，有的時候會被部下看扁，但我都已經靠自己的力量完全掌控總統府了。妳想不想知道訣竅？」
「余想知道！」
「若是當我的妹妹女僕，我就告訴妳！」
「我當我當！」
「別當，小克萊！不要把納莉亞說的話當真！」
納莉亞那時還豪爽地「啊、哈、哈！」笑。
只要能夠換穿女僕裝，這傢伙不管找誰都好吧。
我看我得幫忙擦亮眼睛盯著，以免小克萊遭殃。

「——若是要讓他人屈服，那就必須掌握對方的弱點。」
地點換到總統府的接待室。
我們圍繞著桌子，在那裡享受下午茶時光。
納莉亞所說的話明顯就是罪犯或者恐怖分子會說的，但是純真的小克萊卻一直認真地傾聽，然後嘴裡嗯嗯嗯地吃著司康。
「當然了，若是他們可以乖乖當女僕，那樣會輕鬆許多，但這世間可沒那麼好混。必須先仔細觀察對手，找出他們是否隱藏什麼可恥的祕密。只要能夠掌握弱點，到時他們就任妳擺布，妳只要私底下跟他們說『不希望祕密公開就乖乖聽從我的命令』即可。」

「納莉亞妳也是用這種方式找來那麼多女僕的嗎？」

「其實大部分都是自願來的，但這之中也是有受我脅迫才屈服的人。例如凱特蘿的哥哥就是這樣。雖然那傢伙原本將我當成眼中釘，但現在已經變成一條忠犬，還會哭著求我，對我說『請您踩我』。」

「真不愧是納莉亞！」

「納莉亞大人，這麼說好像過度加油添醋了……哥哥哪有那麼變態。」

「說成這樣又沒關係。若是妳插嘴管太多，小心我連同妳的羞恥情報一起抖露出來喔？像是這陣子在床鋪底下藏了某樣東西的事情。」

「嗚！」

這話讓凱特蘿紅著臉沉默了下來。

是在說哪樣東西，好在意喔。該不會是私房錢吧。

「妳看，就連想要插嘴的部下也三兩下就被堵到沒話說。只要能夠掌控弱點，那就形同掌握主導權——是說薇兒海絲也很擅長做這種事情吧？」

「那當然。」

薇兒在那時信心滿滿地做出回應。

我身上的天線已經偵測到一股惡兆。

「我手邊早就已經網羅可瑪莉大小姐所有的可恥事蹟。難得有這個機會，我就來公開部分環節吧。這是發生在昨天早上的事情——」

「快住口啦，變態女僕!!小心我把手指插到妳的嘴巴裡喔!!」

「——剛睡醒還睡眼惺忪的可瑪莉大小姐，將臉埋在我的胸部間。明明發生了如此驚天動地的慘案，但是在我的懷抱中，可瑪莉大小姐卻輕聲說了一句『媽媽』。就是在那瞬間，我決定要成為可瑪莉大小姐的媽媽。」

「妳才不是媽媽!!」

「其他還有很多案例喔。可瑪莉大小姐在睡覺的時候，會對被當成抱枕的海豚說『晚安』。」

「快給我閉嘴啦!!」

「若是希望我閉嘴，那您就換上女僕裝來侍奉我。」

「什麼……那種事情，我怎麼可能做得出來!?」

「但這樣好嗎？您是個遜咖的真相，將會當著小克萊大人的面曝光喔？」

「這提議不錯！我這裡有很多尺寸跟可瑪莉相合的衣服！」

這兩個變態……

在逼迫我的時候，倒是知道狼狽為奸……

可是我不能夠再讓薇兒說出更多祕辛。當女僕只是一時之恥，但若是不當的話，我終其一生都要蒙受恥辱。我的黑歷史對小克萊來說，搞不好會有太強的刺激性——我心裡開始天人交戰，納莉亞在這時得意地挺起胸膛，開口說了句：「做起來就是像這樣。」

「只要對對方的事情瞭若指掌，就能夠自由自在操控對方。所以小克萊妳首先就要從理解逆月成員開始著手。」

「明白了！余也會努力掌握其他人的弱點！」

小克萊在看納莉亞的眼神就好像在看令人憧憬的運動選手一樣。

看看她都教了那孩子什麼東西。

再這樣下去，小克萊會變成不良少女。

我必須守護這女孩的未來——

「先別管那個了，來把可瑪莉弄成女僕吧。凱特蘿，把東西拿過來。」

「我又沒說我要穿。」

凱特蘿在這時嘟囔了一句：「納莉亞大人。」還一臉嫌惡的樣子。

「有必要讓黛拉可瑪莉穿嗎？那又沒什麼樂趣。」

「難道妳希望全國人民都得知那件事嗎？」

「對不起，我這就拿來。」

凱特蘿立刻走人，彷彿剛才什麼都沒發生過。

薇兒也跟著裝作一臉若無其事地提問。

「克寧格姆大人，那個橘色頭髮的女僕到底藏了什麼？」

「我在她的床鋪底下找到色情書刊。」

「噗呸！」——明明就沒有什麼東西，那個橘色頭髮的女僕卻在某個地方踢到腳跌倒。

納莉亞補上一句：「這一跤跌得還真大呀！」邊說邊笑，一點罪惡感都沒有的樣子。

若是真的當了這傢伙的女僕，每天都會像這樣遭她玩弄。

這可不單只是令人發毛可以形容的。

「納、納、納納、納莉亞大人！請您別說那種奇怪的話！」

「又沒關係。反正她們幾個也不會到處去說——那本書的書名叫什麼來著。印象中好像是《密室樂園的女僕》？」

「我不知道！我手中根本沒有那樣的書！」

凱特蘿整張臉變得紅通通的，就這樣跑掉了。

但有件事卻令我耿耿於懷。

《密室樂園的女僕》——感覺這個名字好像在哪裡聽說過？

「對了，知道那本書的作者叫什麼名字嗎？」

「作者名稱？知道那個又如何？還是說可瑪莉妳也很感興趣啊～？」

「我明白了。假如可瑪莉大小姐您感興趣的話，這就來和我激戰一場吧。」

「誰要做那種事啊，笨蛋女僕！——我不是為了那個啦，而是《密室樂園的女僕》這個書名，我好像有聽說過。問妳喔，凱特蘿，那該不會是一整個系列的作品吧？我記得最新的集數好像是第五集還是第六集。」

那個橘色頭髮的女僕嚇了一跳，回過頭看我。

「難道黛拉可瑪莉小姐也看過……？啊、不是，我當然沒有看過了！我對色情小說一點興趣都沒有！可、可是，印象中《密室樂園的女僕》好像出到第五集了？作者的話……記得是叫做『蘿妮蘿妮．科尼』。」

此時不管是納莉亞、薇兒還是小克萊，她們的頭上都浮現出問號。

可是我這個稀世賢者的頭腦卻開始高速運轉。

假如作者就是我聯想到的那個人。

而且那個人還跟我是同類型的人。

那我或許有辦法替小克萊解決她的煩惱。

☆

蘿妮．科尼沃斯的興趣是寫官能小說。

一旦研究遭遇瓶頸，她就會在稿子上寫些東西，用來整理思緒。

（雖然等待解決的問題還堆得像山一樣高，但是——）

但是也不會構成任何問題吧。

公主大人交給他們任務的是「讓常世安定下來」，這部分可以說是進展順利。

那個當傀儡的米夏．蒙特利維西卡亞發揮出來的效果超乎預期。

只要有那個幼女在，信眾便會輕而易舉服從雷赫西亞的命令，於是逆月也得以盡情發揮。

（我們預計要讓常世復興。就當作是附帶的福利任我們為所欲為，應該不至於遭受天譴吧。）

科尼沃斯企圖濫用預算打造實驗設施。

雖然克萊梅索斯五百零四世希望建造遊樂園和動物園，但是科尼沃斯對那些不感興趣。

那個幼女很單純，就算自己擅自打造了實驗設施，之後再給她一些點心也能安撫她。

（可是她若鬧彆扭離家出走，到時一樣會很麻煩。接下來還要靠那女孩來當逆月的傀儡，才好對人們繼續傳教布道。）

算了，先不管那個了。

現在要先搞定小說。因為截稿日快到了。

最近科尼沃斯為了籌措研究經費，有在做商業出版活動。

若是寫這種小說的事情穿幫，那她有信心自己一定會羞愧到死。

「——嗯？」

上面的樓層好像很吵鬧。感覺像是有人在那裡跑來跑去。

還有一點，就是這裡位於大聖堂地底，原本是倉庫，被科尼沃斯擅自拿來當成研究室了。她曾嚴令那些士兵「不准靠近這裡」，但上面是不是出什麼事了啊？

科尼沃斯嘴裡吐出一聲嘆息，接著站了起來。

她懶洋洋地走向門那邊——

「真是的，在搞什麼啦。這樣叫我怎麼集中精神啊啊啊啊啊啊啊!?」

咚乒————!!

此時那扇門的門板以很猛的力道飛開。

科尼沃斯則是發出慘叫聲，變得像隻球潮蟲似地滾離。

☆

絲畢卡拜託我恢復常世的秩序，還要我照顧小克萊。

所以總有一天，我還是得回到常世那邊。

但目前現世的人是不允許通過那扇大門的。貝特蘿絲率領的多國籍遠征軍一旦結束相關調查，這項規定就預計逐步解禁。就連皇帝都說「目前我們這邊也沒什麼好做的」，所以若要回到那個有兩顆太陽高掛的謎樣世界，我原本以為還要再等一陣子——

可是在那場茶會中，當我說出我的「推測」時，小克萊就回了一句：「黛拉可瑪莉借我用一下！」那女孩算是常世的領袖，因此就連大門管理委員會（連這樣的委員會都成立了）都難以阻擋她，於是經歷一番折騰後，我就被帶往位於常世的神聖雷赫西亞帝國。

後來薇兒還踢破大聖堂地下室的門。

我原本還搞不懂為何這麼做，可是一看到待在裡頭的人，在那瞬間馬上會意過來。

「——妳就是逆月的蘿妮．科尼沃斯對吧？」

「妳、妳們在搞什麼啊!?怎麼是黛拉可瑪莉跟薇兒海絲!?這裡可是常世啊!?」

「說得對，是常世沒錯。我們是特地來這裡給予正義制裁的。」

那個房間看起來像是一座倉庫，裡面都是灰塵。

裡頭排放了一些書架，上面放滿密密麻麻的書，看起來都很艱澀。

牆壁旁邊還有一些藍色防水布，有東西從底下露出來——那個是圓木？是木頭嗎？

仔細看會看見上面長著菇類。

這整個空間看上去都很古怪，有個人手忙腳亂地待在房間中央，那個翦劉種的正字標記是一身白衣和眼鏡——她正是蘿妮．科尼沃斯。

薇兒在那時帶著狠戾的表情上前一步。

「科尼沃斯小姐，聽說妳跟特利瓦．克羅斯一起欺負小克萊，這是真的嗎？」

「啊？是小克萊一直被特利瓦欺負，我反而才是安慰她的那個耶。而且前陣子我還請她吃菇菇排。」

「對方嘴上是這麼說的呢？」

「她在說謊！」

小克萊用食指狠狠地指向科尼沃斯。

「菇菇排很好吃！可是妳老是跟特利瓦掛鉤，對余提出的意見不屑一顧！明明就是教皇諮詢機關的一員，一旦需要投票表決，卻通通讓特利瓦去決定！這樣下去余根本就沒有辦法按照自己的意願做事情！」

「那也沒辦法吧，畢竟那傢伙是很吝嗇的蒼玉種。若是我們不對他寬容一點，他一個不痛快就會把事情弄得很麻煩。」

雖然科尼沃斯嘴巴上說得像對這個人感到很無言的樣子，但其實她是很害怕特利瓦的。

在我看來，科尼沃斯在逆月的地位階層裡，應該處在最底層的位置上吧。不僅被絲畢卡當成玩具，只要被芙亞歐和特利瓦隨便瞪個一眼，人就會像洩了氣的皮球一樣，就連天津似乎都對這個人沒抱多大的好感，甚至說過「那傢伙很邪惡」之類的。

「若是有意見的話，妳們直接去跟特利瓦說吧。他這個人或許是滿恐怖的，但只要借用黛拉可瑪莉的力量，他可能也會稍微通融一下吧？」

「也就是說科尼沃斯妳自己不願意出面對不對？」

「我忙著做研究。妳們這樣很礙事，快點出去啦。」

「是嗎是嗎——那妳若是看到這個，還有辦法繼續說那種話嗎？」

「嗯？咦！」

小克萊接著從包包裡面拿出一本書。

那個是跟凱特蘿借來的《密室樂園的女僕》。

但是外面的封面跟內側封皮通通都被人用膠帶貼起來，這是為了避免不慎讓小克萊看到內容物。甚至還聽說凱特蘿將本書評為「內容超激情」。假如這本書會若無其事對接吻多加描寫，那樣對小克萊的節操教育恐怕會造成不好的影響。

「那、那個是什麼？是小說嗎？要不要大姊姊念給妳聽？」

不知道為什麼，科尼沃斯開始冷汗直流。

就在這一刻，我們雙方形同已經分出勝負了。

小克萊當下用很認真的表情抬頭仰望我，嘴裡說了一聲：「黛拉可瑪莉。」

「余不是很明白。這個真的能夠當作科尼沃斯的弱點嗎？若是妳能夠為余詳細解說，那就再好不過了……」

「唔、唔嗯，也是啦。既然是我起頭的，那我就應該來解釋一下。」

我當下輕咳幾聲，從小克萊手中接過那本《密室樂園的女僕》。

說老實話，掌握他人的弱點來威脅對方，這種事我不是很感興趣。

若是真的那麼做，那我就跟變態女僕一樣了。

因為我所處的立場和科尼沃斯很像，所以我很能體會她的心情。

只不過——這次我也只能當一次無情惡鬼了。

因為這個翦劉種形同放棄自己的義務，間接在欺負小克萊。為了讓小克萊找回當教皇的自信，我也只能想辦法說動科尼沃斯了吧。

於是我先做了一個深呼吸，接著就將《密室樂園的女僕》放到科尼沃斯面前。

「我就單刀直入問了，這個是妳寫的吧？」

那不過是一瞬間的事。

「——什、什麼!?這麼說未免也太直接，我都懷疑是我聽錯了耶!?我只會寫高尚的論文，就是專門為了世人所寫的那種！這種可疑的書跟我沒關係！」

「那妳怎麼知道這本書是很可疑的那種？」

「……………」

這下科尼沃斯說不出話來了。

我看這個人智商應該是滿高的，但同時也是個超級傻大姊。

「……那、那是因為——從書名來看，只會讓人覺得它是那種書啊。」

「可是這本書的作者名稱叫『蘿妮蘿妮．科尼』喔？不管怎麼想都覺得跟『蘿妮．科尼沃斯』有關吧？」

「沒有！肯定沒關係！只是碰巧雷同罷了！」

「話說回來，我對《密室樂園的女僕》這個書名有印象喔。之前在常世跟你們露營的時候，我不是有偷瞄到科尼沃斯的筆記本嗎？然後我就想到那上面曾寫著《密室樂園的女僕6》這個書名。根據凱特蘿所說，這個系列才發行到第五集，這就代表那個時候的妳正在寫新書吧？」

「是妳想太多！人類的記憶是這個世界上最模糊的東西！」

「可是絲畢卡曾經說過『科尼沃斯在寫猥褻的文學作品』喔。」

「公主大人啊啊啊啊啊啊啊啊啊啊啊!!」

科尼沃斯朝著現在人應該在地獄裡的絲畢卡放聲大吼。

沒錯——我知道科尼沃斯一直都有在寫變態不已的小說。

按照她剛才的反應來看，她大概一直在隱瞞這個事實。我看理由恐怕是因為她覺得可恥的關係。也因為這樣，才給了小克萊能夠趁虛而入的空間。

「可惡……沒想到居然會被發現……既然事情演變成這樣，我就只能把這些人通通抹殺掉……」

「但是可瑪莉大小姐會反過來抹殺妳，這樣也無所謂？」

「唔咕！」

科尼沃斯用很害怕的眼神看著我。我是什麼怪物喔。

緊接著薇兒做出宣言，用贏家才會有的驕傲表情說了一句：「真是可惜呀。」

「如此一來科尼沃斯小姐的祕密就攤在陽光底下了。跟蘿妮蘿妮．科尼有關的情報，我看不如火速拿去賣給六國新聞吧。」

「先、先等一下！若被人發現作者的真面目是恐怖分子，到時就會被禁止出版吧!?我會沒辦法賺錢——是說在那之前我就會因為羞恥心作祟導致精神錯亂！今後原本還會誕生許多很棒的發明物，屆時全都會葬送掉，淪為原先可能會發生的歷史片段啊!?就算走到這個地步也沒關係嗎!?」

「小克萊大人，輪到您上場了。」

「看來是那樣呢。」

小克萊在那時帶著嚴肅的表情靠近科尼沃斯。

若對方像是被逼急的老鼠，過來反咬貓一口的話，那可就糟了，於是薇兒便架起了堅固的防護網。

那個身穿白色衣服的研究者一臉世界末日到來的樣子，而小克萊則是用銳利的目光盯著她。

「——若是不希望蘿妮蘿妮．科尼的真實身分被人發現，妳就要聽余的話。」

「來了，果然是要威脅我!!真的來了!!這個幼女還真的幹出那種勾當了!!那妳是打算叫我做什麼!?如果是要我提供臟器，那我死也不要喔!?」

「余才不需要那種東西！妳身為教皇諮詢機關的一員，余只是希望妳能夠確實履行職責！」

「啊…………？」

科尼沃斯接下來發出的那一聲像是洩了氣似的。

薇兒替小克萊把話接下去。

「關於神聖雷赫西亞帝國的內情，我都已經從小克萊大人那邊聽說了。只要妳一直把議決權讓給特利瓦．克羅斯，小克萊大人的意見就不可能過關。所以我們才會拿蘿妮蘿妮．科尼的事情做文章，用來脅迫妳。」

「開、開什麼玩笑！特利瓦也威脅我了耶！說我若是不把議決權交出去，他就要用針刺我的腦門喔！」

「看樣子妳過著很受脅迫熱愛的人生呢。」

「也不想想是誰害的！」

「那麼官能小說跟腦門，哪個比較重要？」

「努唔唔唔唔……!!」

科尼沃斯咬牙切齒地瞪視小克萊。那個少女會把這兩樣放在天秤上衡量，光這點就讓人覺得她也異於常人。如果是我，一定立刻回答：「腦門！」

繼續照這樣進展下去，我們是不是就能達成目的——

我才剛想到這邊，小克萊就在那時上前踏出一步。

「掌握弱點是很重要沒錯。可是余也想變成像迦流羅那樣的好人——余從那個人身上學到跟部下建構良好關係也是很重要的。」

「一旦妳威脅他人，就已經不可能跟對方構築良好關係了吧??」

「不、不是的！就是……那個……這其實算是——在做交易！」

小克萊拚命揮動雙手，想要試著說服科尼沃斯。好可愛。

「若是願意按照余所說的做，那科尼沃斯一直很想要打造的實驗設施，余也能大方放行！將會以教皇之名全面在背後給予支持！可是妳若是拒絕了，余也會毫不留情將妳的祕密暴露出來！」

「什麼……！」

這是合併了威脅和賄賂的綜合技。

從納莉亞和迦流羅身上學到的東西，小克萊似乎很快就學以致用了。但那兩種技能顯然都是不怎麼正經的技能，然而對科尼沃斯卻造成可觀的效果。她抱住頭煩悶地「咕唔唔」了一陣子，還在研究室裡面走來走去，像隻狗一樣晃了三十秒，最後她似乎放棄掙扎了，嘴裡吐出好大的嘆息聲。

「——好啦我知道了！我會按照小克萊說的話去做！但特利瓦若是對我出手，黛拉可瑪莉妳要想辦法幫我解決喔！」

「我不是很想耶。」

「總而言之！我在寫那種書的事情，絕對不能讓它曝光喔!?」

「做得好啊，小克萊大人。您已經獲得可以在日常生活中給予脅迫的把柄了。」

「但是那樣她太可憐了，還是不要好了。」

小克萊真棒。如果換成薇兒，她可是會抓著同樣的把柄，重複威脅我好幾次。

科尼沃斯這時再次發出一聲嘆息，然後重重地坐回椅子上。

「那麼——小克萊妳到底想要實現什麼。」

「當然是設立遊樂園！」

「…………」

科尼沃斯現在的表情變得像是在說「這傢伙沒問題嗎？」。

好吧，我想應該是沒問題吧。

假如事情可能會往不妙的方向發展，那我、納莉亞跟迦流羅也會出動。因為常世能夠維持安定，對我們的世界來說也是很重要的一點，所以我們必須時常睜大眼睛盯著。

如此一來小克萊就藉由賄賂和脅迫取回實權了。

☆

我們在神聖雷赫西亞帝國那邊吃完蛋包飯才回去。

既然都來了，原本是想順便去見基爾德和柯蕾特，但前者好像正為了「滿月」的行動在這個世界中四處奔波，目前杳無音訊。後者則是為了巫女姬的修行或其他原因，留在姆爾納特帝國（常世）那邊，按照行程安排來看，我們是不可能跟她碰面的。在常世那邊，沒辦法使用【轉移】魔法。總而言之我就只有送了一封信過去，上面寫了些話像是「改天見個面吧」之類的，接著我們就離開常世了。

總之——應該不用再為小克萊的事情操心了吧。

人們都很仰慕這位教皇大人，逆月那幫人應該不至於太輕慢她才對。

我帶著這樣的樂觀想法，打算像平常那樣回去當家裡蹲。

只不過——

「——被駁回了啦啦啦啦啦啦啦!!」

自從威脅完科尼沃斯之後，又過了大約一個星期。

小克萊再度用閃電般的速度來我們這邊參訪，而且還淚眼汪汪地向我哭訴。我摸摸她的頭，一面偷偷朝薇兒使眼色。「這是什麼情況，妳來解釋一下啦。」——以上是我的視線所代表的意思。

「小克萊大人好像代人送了封信件過來。似乎是天津覺明大人給的——那上面寫著小克萊大人的『遊樂園營造計畫』被否決了，票數是二對一。」

「咦？難道是科尼沃斯背叛了？」

「不，投反對票的好像是天津覺明大人。眼下為了收拾戰後的殘局，情況還很混亂，沒有餘力建造遊樂園——他給的理由據說是這個。」

真是太有道理了。如果是基於那樣的理由，那的確不需要建造遊樂園。

他沒去顧慮小克萊的感受，而是直接做下判斷，說慶幸也算是挺讓人慶幸的吧。

「黛拉可瑪莉——！余到底該怎麼辦才好!?不管說什麼，到最後都只是被駁回！不是只有特利瓦，就連天津也是余的敵人！」

「小克萊大人，天津覺明大人是怎麼說的？」

「他說不需要建造遊樂園！還說我應該要多讀點書！嗚嗚嗚嗚……余、余確實不夠用功……不管是知識還是經驗都不足，也沒有像逆月他們那樣的戰鬥能力……」

「那是因為小克萊大人還不夠成熟。像是祈禱或是去偏鄉巡視，這些都算是教皇的職責，想來妳都有確實做到了，可是身為執政者的實力還是不足。」

「嗚嗚……果然……」

好吧，像小克萊這樣的小孩子，要她帶領一整個世界太難了吧。不管怎麼做都難以避免淪為傀儡。假如我現在成為姆爾納特的皇帝好了，我也覺得自己會變成被女僕操控的傀儡。

「沒什麼好擔心的，只要接下來慢慢學習就好。」

「余希望能夠變得更聰明。希望可以聰明到提出意見也能讓天津和特利瓦採納……該怎麼做才能變成那樣……」

「對了，可瑪莉大小姐一直自稱是『稀世賢者』。她的大腦可是比棉花糖還要柔軟，想來要說服天津覺明大人和特利瓦．克羅斯，應該也是小事一樁。或許能夠當作小克萊大人的參考榜樣。」

「真的嗎……!?」

喂，別在這種時間點上說奇怪的話。

那個小克萊都用亮晶晶的眼神看著我了耶。

「——黛拉可瑪莉！這麼一說才想到，妳的頭腦很好！」

「是不至於到那樣。若是對我抱持期待，對我來說也是種困擾啊。」

「才不是，黛拉可瑪莉很厲害的！想出逼迫科尼沃斯對策的人也是妳！若是可以的話，能不能來當余的『老師』……!?」

「老——」

老師。老師。老師——

小克萊所說的話震盪著我的腦袋。

跟小春之前叫我「黛拉可瑪莉老師」的時候不一樣，現在心口產生的是另一種悸動。

© riichu

是因為有一個小孩子在仰賴我，我才會有這種感覺。該怎麼形容呢？就覺得很開心，同時也很難為情，諸如此類的。不管碰到什麼樣的要求都希望能夠回應對方的期待，真是不可思議。

「黛拉可瑪莉老師？是不是不能收余當學生……？」

「咕…………」

看到小克萊仰望著我還說出那種話，對我造成致命傷。

她可是向上看著我啊。我常常都是被人俯瞰的份，都還不習慣這樣呢。

這時薇兒說了句：「可瑪莉大小姐。」和我說起悄悄話。

「其實剛才那封信上面還寫了天津覺明大人的囑託。他說希望我們能夠教導克萊梅索斯五百零四世，讓她知道該怎麼做一名上位者——上面似乎是這樣寫的。還希望我們給她施加一些基本教育，像是上國文課或數學課等等的。小克萊大人以前似乎都沒有到學校好好上過學，聽說她對這些事很憧憬。」

搞什麼啊。人家都說成這樣了，那我不就只能接下這項任務了嗎？

我既然身為比她年長的老師，不就必須引導小克萊嗎？

於是我掄起手握拳，並做出了一番宣言。

「——那、那好吧，小克萊！從今天開始我就是妳的老師了！我這個稀世賢者所具備的貴重知識和思考方法，全都傳授給妳！」

「好啊……！謝謝妳，黛拉可瑪莉！不對，黛拉可瑪莉老師……！」

「一旦我成為老師，接下來可是會展開如火如荼的教育課程喔！雖然是那樣，若是妳覺得太吃力也不用跟我客氣，儘管說出來吧！我會盡量教得溫和一點！」

「嗯！那就麻煩老師了！為了讓逆月的人日後沒話說，余要努力學習——！」

我跟小克萊在那結伴喧鬧起來。

薇兒用很無言的眼神看著我們，但我現在沒空去管她。

我可是成為老師了啊。

小克萊未來能不能成長為一個好孩子，說這些都寄託在我的教學手腕上也不為過。

終於要迎來發揮稀世賢者本領的時刻了——眼下我的心情高昂到爆。

「黛拉可瑪莉老師！那我現在就有個問題想問！」

「沒問題！想問什麼隨妳問個痛快！」

「余希望能夠學到更有效的脅迫和賄賂方法……」

「我看妳就別再學那些了。」

我開始有必須費心指導這孩子的預感。

但話又說回來，感覺好興奮喔。

絲畢卡曾拜託我照顧小克萊，那我就應該負起責任做好這件事不是嗎？

——我再度堅定了這份決心。

總而言之，目前的目標就是「將她培育成清廉正直的孩子」。

納莉亞、迦流羅和逆月那些人給她帶來的不良影響，我都必須剔除掉。

事情就是這個樣子，此後我跟小克萊的師徒關係將由此展開。

佐久奈・梅墨瓦早上都起得很早。

帝國軍女子宿舍養的雞一啼叫，她就會在同一時間起床。而且天花板上還裝飾了很多可瑪莉的照片，只要一醒來，就能夠在那瞬間攝取到幸福的能量。打點完身上的行裝，吃完早餐之後，她就會去確認第六部隊間諜拿來的「本日崗德森布萊德閣下預定行程表」。啊，今天是待在七紅府裡面。若是午休時間能夠見到她就好了——佐久奈止不住地面露笑容。

「呵呵……呵呵呵呵呵……可瑪莉小姐可瑪莉小姐可瑪莉小姐……」

說佐久奈・梅墨瓦的一切都是由可瑪莉構成也不為過。

以前在當逆月的恐怖分子暗中活動時，她就已經對可瑪莉很崇拜了，經歷了七紅天爭霸戰後，後續又經歷了更多場戰役，她對那個小小吸血鬼原先就一直抱持著近乎執著的心意，如今更是肥大化至惑星等級。

最近甚至來到讓部下們都有點退避三舍的程度。

之前她曾經在辦公室的天花板上開了小洞，用來偷看上方樓層（可瑪莉房間）的情況，這一幕被部下們撞見，或許遭人退避的原因正是出在這。但那有什麼好在意的。只要沒有被可瑪莉本人發現，她就不覺得可恥。而且她也已經去跟那些部下拜託過，對他們說：「別講出去喔？」應該是沒問題才對。

「都弄好了，我今天也要好好努力。」

此時佐久奈手裡拿起包包，哼著歌跨步走了起來。

——叮咚。

那時這間房的門鈴正好響起。

佐久奈覺得奇怪。因為她想不到是誰會來。基本上會來這個房間裡造訪的人，也就只有待在隔壁的艾絲蒂爾。她有的時候會拿一些餐點過來分自己吃。

佐久奈警戒地開門查看——

結果發現站在那裡的是一位高高的吸血鬼，身上還穿著神職人員服飾。

「——海德沃斯先生？你怎麼會來？」

「早安，今天也是讓人心曠神怡的天氣呢。肯定是神在為我們的奉獻給予祝福吧。啊啊，真是太讓人感恩了！」

他是七紅天大將軍海德沃斯．赫本。

佐久奈的家人都被殺了，當時就是他收留佐久奈的。

以前佐久奈用【星群之迴】洗腦他，因此他就被當成佐久奈的「父親」（但正確說來其實是他假裝被洗腦）。經歷了七紅天爭霸戰後，受到可瑪莉感化，佐久奈選擇走上自立自強之路。如今他已不再扮演佐久奈的父親，而是成了可靠的同僚，兩個人關係不錯。

但即便如此，像今日這樣來佐久奈的住所造訪依舊很稀奇。

「請問你來有什麼事嗎？我現在就去泡茶。」

「妳有這份心，我很高興，但我這次來這邊，能撥出的時間不多。」

海德沃斯臉上帶著一如既往的柔和微笑，垂眼望著佐久奈。

「由於皇帝陛下下令，於是我一直在調查『天文臺』。但目前稍微遇到了一點瓶頸，因此近期我就連睡覺的時間都捨不得花，一直在帝都內奔波。」

「那個……所謂的天文臺，指的是那些愚者吧？」

佐久奈想起來了。

之前有個怪人在常世那邊大肆搗亂——他就是劉·盧克修米歐。

而且還聽說那樣的人，除了他以外另有五名，不知潛伏在何處。

「對，據說一旦魔核遭到破壞，那些天文臺的愚者就會甦醒，那這樣一來，就算姆爾納特這邊的愚者封印解開也不奇怪。畢竟我國的魔核已經在吸血動亂的當下破損，這也是事實——不對，我來這邊並不是要說這些。」

海德沃斯大大地咳了幾聲，接著開始聊起別的事情。

「佐久奈，我有些話想跟妳說。」

「有話要對我說？是工作上的事嗎？」

「不是，是針對妳的言行，我有一點話想說。」

佐久奈心中浮現不祥的預感。因為海德沃斯的眼鏡亮了一下。

以前在孤兒院跟其他的孩子起衝突時，印象中他要罵人的時候就是這個樣子。

但應該也沒什麼大不了的吧。她不記得自己有做過什麼壞事。自從金盆洗手不再當恐怖分子後，自己一直都是活得很清廉正直才對——

「聽說妳一直在當跟蹤狂跟蹤崗德森布萊德小姐。」

清、清廉……正直……

「之前我都當作沒看見。就算妳的行為多少有點違背倫理道德，我也會覺得那種行為若出自於念及他人的真心，亦無可厚非——原本我是這麼想的。」

我應該是……

「可是最近妳好像越來越變本加厲了。在七紅府的七樓，有人發現隱藏式攝影機跟竊聽器，還有人在崗德森布萊德家的宅邸周圍看到銀髮幽靈，甚至女子宿舍這邊夜夜都會傳出謎樣的念咒聲，一直在說『可瑪莉小姐可瑪莉小姐可瑪莉小姐』——經過嚴密調查後，結果顯示這一切的源頭都是出自佐久奈妳。」

已經活成那樣才對……

「這下不能再置之不理了。想來神明也不會容許這種事情發生吧。因此為了讓佐久奈能夠改正自己的言行，我才決定來給予懲罰。」

「請、請等一下！」

差點腦死的腦袋再度動起來。

不行。要冷靜。不能讓人看出自己的慌亂。

「那些都不是我做的！但真沒想到可瑪莉小姐身邊還有那樣的變態，我好驚訝……我們趕快去把他抓起來吧！」

「不，這一切都有證據支持。」

海德沃斯從懷裡拿出好幾張照片。

照片裡面照到的是——徒手剝開七紅府牆壁，過來回收隱藏式攝影機的佐久奈。還有在崗德森布萊德府邸四周徘徊的佐久奈。以及貼在七紅府七樓的窗戶上，一直盯著可瑪莉看的的佐久奈。看來看去都是佐久奈佐久奈佐久奈佐久奈佐久奈佐久奈——

她再度腦死。這下完蛋了。

「偷……偷拍別人……那樣不太好……」

「哈、哈、哈！那種話可輪不到妳說！」

這下佐久奈可以說是無從反駁了。

海德沃斯改為換上認真的表情，將雙手交疊放在胸前，並開口接話：「話說回來。」

「真沒想到會弄到這種地步。妳完全處於『可瑪莉中毒』狀態。這讓我有點擔心妳的將來。」

「嗚…………咕唔唔唔唔唔……！那你……打算怎麼處置我……？」

「請放心吧，我並沒有要逮捕妳的意思。人本來就會犯錯，只要帶著正直的心懺悔，如此一來連神明都會願意原諒妳吧。」

懺悔。對。這樣是不好的。

佐久奈也會有罪惡感。可是對可瑪莉產生的慾望卻節制不了，甚至進入失控境界。邪惡必定招致毀滅——來自神的制裁終於要降臨在佐久奈身上。

「那、那我……究竟該做些什麼才好……？」

「妳要『戒掉可瑪莉』。」

「!?」

「請妳盡量不要靠近崗德森布萊德小姐，如果只是偶爾跟她說說話，那還沒問題，一旦過度接觸，可瑪莉中毒症狀就會加速惡化。在日常生活中也盡量不要去想崗德森布萊德小姐的事情。」

「怎麼這樣……！我會死掉的！」

「不會死，請堅持住。」

海德沃斯的眼神是認真的。

跟平常那個慈悲為懷的神父相差甚遠。

對現在的佐久奈來說，只覺得他像個死神。

「另外還有一件事，要請佐久奈來孤兒院這邊幫忙做些工作。」

「咦？你是說孤兒院嗎……？」

「這是戒掉可瑪莉的手段之一。只要成為神的僕人為孩子們犧牲奉獻，妳的心就會被淨化，那種淫邪的意念也會逐漸淡化吧。」

佐久奈在這時緊緊地手握成拳。

她忍耐不了。她想她應該會忍耐不了。只不過戒掉可瑪莉三天，全身就會出現蕁麻疹。然後精神還會出狀況，會把眼裡看到的東西都破壞掉也說不定。啊，光只是想像，手就開始顫抖起來。

「假、假如——我拒絕『戒除可瑪莉』，那會怎樣……？」

「等到了那個時候，後續處理都會交給『她』包辦。剛才已經說過了，我為了調查天文臺，根本騰不出時間——」

她？這個她說的是誰？

感到百思不解的佐久奈順著海德沃斯的視線看向某處。

有個女孩從女子宿舍的庭院那邊走了過來。

她身上穿的軍裝妝點成哥德蘿莉風。嘴邊噙著像是在嘲弄人的壞笑。而她總是帶著一把粉紅色的雨傘走動，那除了可以遮蔽日光，還能夠用來刺殺敵兵，似乎是種便利萬用的道具。

「好久不見啊！過得還好嗎？佐久奈．梅墨瓦。」

就在佐久奈眼前，對方綻放出的那抹笑容像是有毒似的。

如同巧克力一般的甜美氣息竄進鼻腔。

佐久奈不由得向後退了一步，而且說話聲音不由自主顫抖起來。

「伯勒契斯閣下……!?妳怎麼會出現在這。」

「閣下──？那個是用來對七紅天加註的敬稱吧？面對被妳炸掉，還被降級成一介士兵的前上司加上『閣下』這個稱呼──若是妳藉此過度揶揄我，小心我把妳弄成巧克力吃掉喔☆」

這話讓人聽了都起雞皮疙瘩了。講話講到最後還會在語尾加上一顆「☆」。

她是梅希．伯勒契斯大佐。

從前是率領第六部隊的吸血鬼，原本是七紅天。因為被佐久奈以下犯上幹掉，

©riichu

於是原有的地位跟著拱手讓人，聽說目前在帝都的某個地方隱居——為什麼事到如今才出現？佐久奈像是要求救似的，轉頭看海德沃斯。

「這、這是怎麼一回事……？」

「我請她來代替我監督佐久奈戒除可瑪莉。想說妳們原本都是第六部隊的人，相處起來應該會比較有親近感，再說伯勒契斯小姐似乎也很樂意做這件事。」

咦？先暫停一下。

不管怎麼看都覺得這個人應該是很討厭我才對——當佐久奈為了某些不知名的東西沒來由感到恐懼的瞬間，那位梅希靠了過來，開口說了句：「事情就是這個樣子！」

「聽說妳——好像在當跟蹤狂？好噁心喔！」

「好、好噁心……？」

「呀哈哈哈哈哈！那是什麼表情啊！放心放心，妳大可安心，我不會說出去的。雖然我很想把妳毀掉，但那畢竟是赫本大人的請託。再加上又給了很多報酬，所以我會協助妳變成一個正經人。」

「那就再拜託妳囉，伯勒契斯小姐。」

「好——！」

「那個……海德沃斯先生——」

無視佐久奈的呼喊，海德沃斯就此離去。

相對的那個梅希則是將臉湊了過來，嘴裡還詭異地「嘻嘻嘻嘻」笑。

「我會給妳很多的回禮。是妳把我從七紅天的寶座上拉下來，我要給妳回禮喔。」

「咿……!?」

對方還在記恨她，而且恨透了。

佐久奈很不會應付這個人。光只是要戒除可瑪莉，她就得先做好送死的覺悟了，但這下子自己搞不好真的會死。

☆

一旦被人以下犯上敗給對方，那麼七紅天就必須從帝國軍中引退，這是慣例。雖然不會被部隊除籍，但那實在太不名譽了，因此大多會自行回歸民間。

這位叫做梅希・伯勒契斯的少女也不例外，自從敗給了佐久奈之後，她好像都一直在帝都這邊偷偷摸摸地過生活。但自從海德沃斯過去委託她「協助執行戒除可瑪莉的作戰計畫」後，她就回到第六部隊裡了。

「真想把妳推下去啊，推到有毒的沼澤裡，讓妳窒息。」

「那、那個……伯勒契斯閣下——」

「叫我『梅希』！妳不是打敗我了嗎？不是比我還強嗎？在我面前還裝謙虛，會讓人很火大呢，真想把妳殺了。」

「咿……！梅、梅希小姐——」

「怎樣？」

「該不會……妳打算一直待在我身邊……？」

「那當然！這個是赫本大人交代的。」

這裡是七紅府的走廊。

佐久奈正跟梅希一起前往辦公室。

跟她們擦身而過的士兵都一臉錯愕地望著這邊。

這個原本被炸死消失的七紅天又莫名其妙冒出來，他們會有那種反應也是在所難免的吧。

「——話說回來，妳當七紅天當得還挺久的。真想現在就立刻把妳毀掉，將地位奪回來。」

「妳、妳該不會想要把我的祕密抖露出去……!?」

「我不會做那種沒品的事情喔。我被賦予的任務只是要監督佐久奈，讓妳可以戒除可瑪莉。不過妳只要稍微壞了規矩，馬上就會被毀掉。」

「規矩？那若是要戒除可瑪莉，具體而言該做些什麼呢？」

「跟黛拉可瑪莉說話，一天最多只能說十秒。」

「十秒……!?」

「還有每隔三天要去赫本大人經營的孤兒院打工一次。有必要透過跟孩子們玩樂接受感化，讓心靈清淨一番──赫本大人是這樣說的喔。」

若是沒辦法直接面對面說話，那反倒會助長偷拍或跟蹤行徑。

去打工是無所謂，可是只能說話十秒鐘太難受了。她會出現戒斷症狀。

「當然妳不准繼續當跟蹤狂。一旦做了，我馬上就會把妳的祕密對全世界公開♪」

「怎、怎麼這樣……」

對佐久奈來說，可瑪莉已經形同是一種營養素了。就跟蔬菜攝取不足會沒精神是同樣的道理，一旦可瑪莉元素不足，那佐久奈就有可能碰到什麼就想破壞什麼。

正是因為如此，海德沃斯才要採取如此強硬的手段吧。

那代表佐久奈對可瑪莉的狂熱度終於要開始進入很糟糕的境界。

「──啊，佐久奈！」

那時佐久奈忽然高速回頭。

因為從階梯那邊，有個嬌小的吸血鬼走了過來──是黛拉可瑪莉・崗德森布萊德。

在她身邊的梅希悄聲說了一句：「只有十秒喔。」還把懷錶拿了出來。

明明可瑪莉小姐本尊就在不遠處，而且這還是能夠跟她慢慢閒聊的好機會——

正當佐久奈為此哀嘆的同時，可瑪莉也來到她眼前。

「早安！我試烤了一些餅乾。想說可以拿來給佐久奈試吃一下……如果不嫌棄的話，要不要吃吃看？」

這樣就過了七秒——

「好、好的！我很樂意——」

「嗯？那個人是誰？」

已經過九秒了。而且可瑪莉的眼睛還轉而對上待在佐久奈身旁的梅希。

佐久奈開始用超快的速度說話。

「那個……這個人叫做梅希小姐——」

「時間到，十秒鐘。」

「已經到了!?」

這下子佐久奈再也不能多說些什麼了。

可瑪莉帶著一臉不解的表情，一下子看看梅希，一下子又盯著佐久奈看。

「是佐久奈的朋友嗎？啊，難道是第六部隊的人？」

「…………」

她什麼都不能說。此時有人代替她開口，是梅希。

「初次見面！我是梅希·伯勒契斯。位階是準一級，目前的階級是大佐，隸屬於姆爾納特帝國軍第六部隊。」

「啊，請多指教。我是──」

「妳是黛拉可瑪莉·崗德森布萊德大人對吧？我很清楚妳是誰喔，妳是現在的當紅炸子雞，史上最強的七紅天！多虧有妳的活躍表現，六國之間才能夠變得和平起來，這是眾所皆知的事實！跟只知道杵在這裡的我家上司真是太不一樣了──」

梅希像是在拐彎抹角罵人一樣，還用手拍拍佐久奈的肩膀。

她也沒什麼好反駁的。雖然沒有，但是那份惡意卻刺傷了她的心。

「梅希妳跟佐久奈很要好嗎？」

「當然啦。我們的感情實在太過要好，每天晚上都舉辦睡衣派對～♪」

若是每天晚上都做那種事情才奇怪吧。

「是喔，就連我都很少和佐久奈一起過夜呢……」

「佐久奈跟我是莫逆之交。雖然這麼說對黛拉可瑪莉大人不好意思，但若是要在她的心目中做個排行，那我看我可能是排行第一的吧？黛拉可瑪莉大人應該是第二。」

「不、不是那樣——」

「——哎呀？妳要說話嗎？在黛拉可瑪莉面前？」

聽到有人在耳邊對自己如此耳語，佐久奈頓時伸直背脊。

已經過去十秒鐘了。一旦打破規矩，梅希肯定會毫不留情將佐久奈所做過的犯行公諸於世。於是她就只能緊閉著嘴，如同石像般僵硬。

「是、是那樣啊？若是能夠跟梅希變成好朋友，我也會很開心的。」

「彼此彼此☆謝謝妳總是那麼關照佐久奈。」

梅希和可瑪莉彼此握了個手。

啊啊。不能被騙啊，可瑪莉小姐。這個人可是超級大騙子。

可是佐久奈心中的聲音沒能傳遞給對方。

最後可瑪莉朝她們揮揮手並說：「那改天見——」，接著就到七樓去了。

梅希將可瑪莉親手做的餅乾放在手掌中把玩。

「她是個好女孩呢，甚至都讓人覺得遭到妳跟蹤太可憐了。」

「我、我哪有跟蹤……」

「沒有嗎？妳敢說完全沒有？」

她不敢斷言，佐久奈心中出現些許罪惡感。梅希則是咯咯笑，回了一句：「看吧。」

「但妳還真有辦法當那個什麼跟蹤狂啊。對某個人特別執著，這只是在浪費時間而已。」

「我才不是跟蹤狂！只是我有點愛追著可瑪莉小姐跑罷了！再說……我自己的時間要怎麼用，那也是我個人的自由。」

「呀哈哈哈！簡直是個超級大變態呀！太噁心了！」

「說人家『噁心』是很失禮的！」

「總之還是要麻煩妳乖乖聽我的話囉。一旦打破規矩，等著妳的就是毀滅呢。一旦妳犯下的噁心犯行對外公開，到時黛拉可瑪莉可能就會討厭妳囉。」

「嗚……」

之後梅希就哼著歌進到辦公室裡。

佐久奈根本無法忤逆她。

☆

我覺得最近佐久奈的樣子好像怪怪的。

就算找她講話，對話也只會持續大概十秒左右。不是因為她覺得尷尬的關係，而是對方強行中斷話題逃走。而且不知道為什麼，在佐久奈身邊總是會有梅希緊緊跟著，帶著滿臉笑容監視她跟我的互動。

「——佐久奈她是不是遇到什麼事了？總覺得她好像一直在閃躲我。」

現在是中午的午休時間。地點位在七紅府的辦公室裡。

嘴裡吃著薇兒替我製作的便當，我一面想著佐久奈的事情。

在我身旁的薇兒將手放到下巴上，嘴裡應了聲：「關於這點。」

「照那個樣子看來，她很可能開始討厭可瑪莉大小姐了。」

「是、是那樣嗎……!?是不是我對佐久奈做了什麼……我要趕快去跟她道歉……」

「不好意思，我在開玩笑。請您不要那麼沮喪。我在想恐怕是那個梅希·伯勒契斯小姐動了什麼手腳吧。」

「妳是說梅希？」

「這只是我的推測。但那兩個人之間的關係應該沒那麼簡單。畢竟伯勒契斯小姐可是待過第六部隊的前任七紅天。」

「什麼!?」

「她就是被梅墨瓦大人炸掉的吸血鬼。自從被下面的人做掉之後，似乎就退出帝國軍了，但這次歸來還挺讓人訝異的。」

被她那麼一說，我才覺得這個人有點眼熟。

很久以前——我好像曾經在七紅府中跟那個哥德蘿莉少女擦身而過。只不過那時我心中所想的頂多就是「如果軍服能弄成那種樣式好像也不錯～」。

「假如事情像妳說的那樣，那她就算對佐久奈抱持恨意也不奇怪吧？」

「可是她們看起來關係很好。說那個是在演戲，可能性實在——」

就在這個時候，薇兒的目光轉向窗戶那邊。

我也跟著看了過去。

這一看才發現是佐久奈和梅希走在一起。

想來她們真的是朋友吧。梅希還跟佐久奈有一些親密的肢體觸碰。雖然佐久奈看起來好像是有點困擾的樣子，但是她抵抗的力道那麼弱，恐怕只是一種傲嬌的表現。就很像我在對待薇兒一樣——不對不對，我在想什麼啊!?

「嗯？」

就在那個時候，我不經意發現她們兩人背後的樹叢中好像有人站著。

這個男人我沒看過。他正一臉若無其事地觀察佐久奈和梅希。

這個人身上穿著姆爾納特的軍裝，應該是第六部隊的人——

算了，去想那些也沒用吧。

比起這個，我更擔心佐久奈。

梅希會不會對她做了什麼？

☆

梅希並未停止行凶。

她動不動就過來黏著佐久奈，只要佐久奈有可能跟可瑪莉接觸，這個人就會拿出懷錶威脅佐久奈。原本想偷偷用通訊礦石跟可瑪莉取得聯繫，當她正要灌注魔力的瞬間，礦石上面就黏了巧克力，整個變得黏糊糊的。梅希是能夠操控含毒巧克力的魔法師。雖然不曉得讓她做到這個地步的動力是什麼，但佐久奈被她害到這三日來都沒辦法跟可瑪莉有像樣的接觸。而且因為缺乏可瑪莉元素的關係，佐久奈還出現戒斷症狀。這陣子她房間裡的真人比例大小可瑪莉人偶開始會說：「最喜歡佐久奈。」那個明顯就是幻覺。情況開始變得很糟糕了。

但即便處在這樣的狀況下，佐久奈依舊必須繼續戒除可瑪莉。

此刻的梅希正將雨傘轉動起來，同時笑咪咪地開口：

「——來！今天佐久奈・梅墨瓦七紅天大將軍來看你們囉～！還說要跟大家一起玩！很期待對吧～！」

「「「哇啊啊啊啊！」」」

一群笑吟吟的孩子們同時衝了過來。

這裡是位於帝都的「赫本教會」——也是七紅天海德沃斯經營的孤兒院。

孩子們衝過來的樣子簡直是來勢洶洶，讓佐久奈動彈不得，在她感到手忙腳亂的當下，人就已經被包圍住了。仗著自己人多勢眾，那些孩子們開始上下其手亂摸各種地方。

「是真正的佐久奈將軍！」

「佐久奈將軍！」

「請幫我簽名——！」

這些孩子都不認識佐久奈。

其實這一點都不奇怪。跟佐久奈年齡相仿的孩子早就已經從孤兒院畢業，都出去工作了。總而言之，今天就先專心陪這些孩子遊玩吧。佐久奈將手放到孩子們的頭上。

「我的名字叫做佐久奈·梅墨瓦，不久之前都還住在這個教會裡。大家平常都玩什麼呢？希望你們可以告訴我。」

「畫畫！」「躲避球！」「黏土！」「鬼抓人！」「互殺遊戲!!」「黛拉可瑪莉扮家家酒！！！」——孩子們都答得很有精神。

於是佐久奈就被孩子們拉著衣服帶到庭院那邊。

他們天真地大喊著：「佐久奈將軍！佐久奈將軍！」

那模樣實在很可愛，讓佐久奈都不由自主地綻放笑靨。雖然不知道這麼做對於戒除可瑪莉有沒有效，但總覺得因工作所累積的疲勞有被洗刷掉的感覺。

「直到太陽下山為止，妳都要陪伴那些孩子。這就是妳的工作。」

梅希此時就站在鞦韆旁。

她臉上的笑容還是一樣毒辣，但是跟平常相比，散發出來的氣息好像比較柔和一些。

「……梅希小姐也是一直都在這裡工作嗎？」

「那也沒辦法吧，因為被某個人害到沒辦法賺錢過生活啊。於是只好讓赫本大人聘僱，來照顧根本不想照顧的孩子們。」

話雖如此，佐久奈覺得她還是受到那些孩子們仰慕。

目前有兩三個小孩就躲在梅希背後，正偷偷觀察這邊。可能是不好意思靠近佐久奈吧，梅希既然會被她們當成隱形斗篷來用，那就表示她已經受到這些孩子信賴了。梅希這時改喚了聲：「好囉～！你們這些大孩子也差不多該去讀書了吧～!?」同時動身回到建築物裡。

「佐久奈將軍！這邊這邊！」

「咦？啊、嗯。」

此時佐久奈被人又推又擠地拉了過去。

孩子們實在是太有朝氣了。跟佐久奈以前待在這裡的時候相比，孤兒院變得更有活力。

不，或許是因為七紅天到來，他們情緒變得更加高漲才會那樣。

「噗！」

啪咚。這個時候有一顆球打中佐久奈的頭部側邊。

既然來都來了，那她也已經無路可逃了，就來好好陪陪這些孩子吧——如此下定決心的佐久奈放聲大喊。

「喂——！敢丟我——!?」

那些孩子們開始「哇——哇——」「呀——呀——」地大聲叫鬧起來。

感覺今天將會是很勞碌的一天。

接下來那一段時光還真是波濤洶湧。

由於佐久奈沒有辦法一一對應他們所有人，於是就大家一起玩捉迷藏或是鬼抓人，把氣氛炒得熱熱鬧鬧的，像在辦慶典一樣。後來有些孩子跌倒哭了起來，要不然就是找人打架，甚至有孩子開始吃生長在鄰近一帶的雜草——照顧起來的勞碌程度簡直就像是在暴風雨中行軍一樣。

但不知道為什麼，那些孩子都非常仰慕佐久奈。看來在赫本教會中，佐久奈・

梅墨瓦已經變成令人崇拜的明星了。其實仔細想來，佐久奈不僅是出身自這座孤兒院，還立於姆爾納特帝國為數僅七人的武官頂點——成了七紅天。她的身分地位足以被人當作明星看待。

「唉……好累……」

「現在還有閒情逸致喊累？都已經忙到快炸鍋了吧。若是沒辦法堅持住，小心我把妳的祕密全都說給那些孩子聽。」

「對、對不起！」

孤兒院已經籠罩在夕陽西下的紅色餘暉中。

為了準備晚餐，佐久奈和梅希已經站在廚房那邊一段時間了。

孩子們好像在上面的樓層閱讀神聖教的教典。這座孤兒院同時也是神聖教的教會，因此從小就會對孩子們灌輸神論。

「話說回來，妳還真是受歡迎呢。」

梅希在說這句話的時候，手裡俐落地切著蔬菜。

「孩子們一直在喊佐久奈將軍、佐久奈將軍，好久沒看到孩子們露出那麼開心的表情了。」

「能夠跟孩子們一起玩，我也很開心。」

「妳畢竟是他們憧憬的對象，赫本教會的孩子們常常會去觀看第六部隊參與娛樂性戰爭的景象喔。」

「可、可是……我的成績也不算太好啊？在七紅天之中，排名算是最後面的那種……像是貝特蘿絲・凱拉馬利亞小姐和可瑪莉小姐，她們都遠比我優秀許多。」

「哼——原來妳也有自覺啊。意外得還有點腦袋——不過……」

劈咻!!——對方突然用菜刀的刀尖指著佐久奈。

「那種卑躬屈膝的態度真讓人火大。明明就殺了我，奪走七紅天的地位，妳是想要當沒自覺的小丫頭當到什麼時候？」

「這、這是什麼意思呢？」

「呀哈哈哈！就是總有一天要用巧克力將妳溶得黏糊糊的，再把妳吃掉的意思♡」

佐久奈聽不明白。好可怕。她動手攪動鍋子裡的東西。

「那個……就是……來孤兒院這邊工作，對於戒除可瑪莉是必要的吧？這背後的含義該不會是『不能補充可瑪莉就靠跟孩子們多多接觸轉移注意力』？」

「既然妳是那麼想的，就是那樣了吧？笨蛋——」

梅希不知道從哪變出一片巧克力，還將巧克力大口含在嘴裡。

這個人還是老樣子，總是說些不著邊際的話。

就在那個時候，佐久奈察覺有人將廚房的門迅速開啟。

「佐久奈，好久不見。」

「咦？諾娜？」

出現在那裡的人，是以前佐久奈還待在赫本教會的時候，跟她交情很好的少女，名字叫做諾娜·拉庫恩。她的身形已經比記憶中的還大上一圈，但長在頭上的狸貓耳朵絲毫未變（她同時繼承了獸人種和吸血種這兩種種族的血統）。

她看上去有點緊張，邁步朝著佐久奈走了過來。

「因為妳一直跟年紀比較小的那些孩子待在一起，害我一直找不到合適的時機。」

「抱歉喔，那些孩子的活力實在是太過充沛了。」

「佐久奈看起來精神也不錯，真是太好了。」

諾娜的年紀比佐久奈小兩歲。至於她們兩個為什麼會常常找彼此說話，一切的契機就在於「擁有繼承雙種族血脈的共通點」，在佐久奈看來是那樣。自從佐久奈從孤兒院畢業加入帝國軍後，她們兩人就沒什麼交集了。

「妳好厲害，佐久奈，居然變成七紅天大將軍。」

「啊哈哈……我只是運氣比較好啦。」

奇怪的是此刻梅希用很凶惡的眼神瞪她。那舉動令人感到恐懼，於是佐久奈打算裝作沒看見。

諾娜這時又說了句：「是這樣啊——」，感慨良深地點點頭。

「佐久奈一直都很努力呢，我也想快點追上妳。」

「追上我……？妳是打算加入帝國軍嗎？」

「嗯，一旦從孤兒院畢業，我就想成為軍人。加入佐久奈的第六部隊。」

諾娜運動神經很好，也擅長用魔法。

照理說她是有在帝國軍謀職的潛力，不過——

「那、那個…………該不會是受到我的影響吧？但就這樣輕易決定好嗎？」

「一點都不輕易。佐久奈算是赫本教會裡的明星了，我也一直很想變得像佐久奈那樣。」

這下佐久奈有點困擾了。她原本是恐怖分子，還是殺人魔，實在不怎麼習慣受人尊敬——再說她也不覺得自己有受人尊敬的價值。

可是回到赫本教會後，她也稍微看清了一些事實。

那就是這些孩子們是真的把她當成英雄看待。

「妳總算開始注意到了？知道七紅天應該要扮演什麼樣的角色。」

「梅希小姐？這是什麼意思……？」

「七紅天是帝國中的偶像，還是英雄，同時也是所有人都很憧憬的絕對強者。為了不要讓這樣的形象破滅，必須做些努力。」

佐久奈逐漸明白梅希想表達的是什麼了。

身為七紅天應該要打造出什麼樣的外在形象，比起佐久奈，梅希更清楚那些。

「問妳喔，佐久奈，平常七紅天都要做些什麼呢？該怎麼做才能當上七紅天？率領部隊是不是真的那麼辛苦？——」

那位諾娜用發光的雙眼望著佐久奈。

見對方對自己展現如此純粹的心意，佐久奈怎麼可能不去回應她的期待。

在做菜的同時，佐久奈也開始在想些跟七紅天有關的事情。

☆

在自己的住家和七紅天以及孤兒院（偶爾會上戰場）之間打轉的日子，持續了一段時間。

一開始是會覺得手忙腳亂沒錯，但不知不覺間，被梅希硬拉著去孤兒院也開始變成一種樂趣了。因為跟孩子們接觸後，佐久奈會覺得自己的心靈受到洗滌。對，若是要具體形容的話，那就像是原本還混濁不堪的執著之心似乎都被逐漸洗刷掉了——或許海德沃斯希望看到的就是這個。

那些孩子都把佐久奈當成英雄般仰慕。

而在這些人之中，對佐久奈的工作特別感興趣的莫過於諾娜。

「唔哇！這裡就是七紅府啊……！」

「我的辦公室在六樓，妳可以來盡情參觀喔。」

「嗯！謝謝妳。」

某日她曾經招待諾娜來宮殿裡。但是她實在太喜歡聊七紅天的話題了，於是佐久奈就提出邀約，對她說「不嫌棄的話，要不要來看看呢？」。諾娜是不太會把內心情感表露出來的那種人，但當時那彷彿狸貓的尾巴卻不停搖來搖去，這點佐久奈仍舊印象深刻。

「好壯觀啊，真的好壯觀。我也想變得像佐久奈一樣。」

諾娜在辦公室裡東張西望，一面發出感嘆聲。

「我想只要多加努力就能成為七紅天，因為諾娜妳比我這種人更有才華。」

「有嗎？但我有聽說過關於佐久奈的厲害傳聞喔？這陣子報紙上還說妳曾經徒手將鎖鏈扯斷……」

「那、那些都是捏造的！應該是六國新聞寫的吧!?」

不知道為什麼，最近佐久奈常常被人塑造成蠻勇的戰士。

好奇怪。除非遇到緊急狀況，否則其他時候自己應該都是使用魔杖戰鬥才對。

「雖然是那樣，但我也因此被激發出幹勁了。若是能夠為孤兒院的孩童們帶來夢想和希望，我也想成為那種人。我決定從今天開始要增加訓練項目。」

「不要太勉強喔，若是弄壞身體就得不償失了。」

「不會有問題的——我還能夠來這裡嗎？」

「當然可以。」

諾娜接著回了聲「謝謝」便面帶笑容回去了。

在跟那個女孩交談的過程中，佐久奈的心也產生了微妙的變化。

說起七紅天的工作——那原本只是「為了曾經從事過的恐怖攻擊行動贖罪」，以及「拿來當作接近可瑪莉的手段」。

但若是能夠為了孤兒院的孩子們努力一番，那樣好像也不錯——佐久奈開始萌生這樣的想法。

她或許是有點沉醉了吧。

為孩子們過於純真的氣息沉醉。

「——佐久奈．梅墨瓦，剛才走掉的那個半獸人小姑娘是誰？」

「哇！」

辦公室的門是開啟的，此刻德普涅就站在門那邊。剛才是不是去做過演習了？那套軍裝上面沾著黏糊糊的血液。

「啊、那個……她的名字叫做諾娜，因為她想要加入帝國軍，我才會讓她來這邊參觀。她跟我是在同一所孤兒院一同長大的，我可以為她的身分做擔保。」

「是嗎？她的動作很靈巧。應該會成為不錯的軍人吧。」

在扭轉被血液弄溼的衣服時，德普涅還說了這麼一段話。

那些浸染出來的血液在空中輕飄飄地飄浮，之後被吸入她的手中。

佐久奈真希望她不要在別人的辦公室裡做這種事。

「那個……請問來這邊有什麼事嗎？妳很少會到六樓來吧。」

「只是來傳個口信，是跟連續誘拐事件有關。」

德普涅說完就從懷中拿出一份書狀。

「細節都記載在這上面了。關於剛才提到的事件，想必妳也已經知曉了吧，直到現在都還沒有解決的跡象。不僅如此，最近更是變本加厲了。之前的被害者不分男女老少，但最近嫌犯開始專攻小孩子。」

那番話讓佐久奈的心口感到一陣刺痛。

自從她們從常世歸來後，這起令人不舒服的事件就一直懸而未解。

是有聽說已經超出警方的辦案能耐，才會改讓芙萊特和德普涅來接手搜查工作，但到現在似乎都沒能解決。

「芙萊特的煩躁程度已經到達頂點了。『現在哪有空去配合崗德森布萊德小姐展開娛樂性戰爭！』──具體而言大概就是這個樣子吧。事件一直沒辦法解決，我也開始覺得面子掛不住了，就眼下這種情況來看，已經來到必須不擇手段的地步。下一次召開七紅天會議時，我們會針對這起事件討論，希望妳能留意一下。」
「都還沒找到任何和犯人有關的線索嗎？」
「對，敵人搞不好能夠使用烈核解放。」
德普涅接著又說了一句：「那就有勞妳啦。」之後揮揮手離去。
專挑孩子下手的誘拐事件。
孤兒院那些孩童的臉龐在佐久奈腦海中閃過。
那麼她身為七紅天，該做的事就是讓孩子們遠離犯人的魔爪。

☆

但那些晚點再說，她的腦袋變得越來越奇怪了。
原以為在孤兒院工作能夠被中和掉，看來那單純就只是幻覺罷了。
梅希用盡各種手段妨礙佐久奈和可瑪莉接觸。而且更黑心的是，佐久奈原本在自己的房間裡裝飾了大量的可瑪莉周邊商品，那些通通被她沒收了。她還說——
「在妳成功戒除可瑪莉之前，這些都不會還妳喔——♡」
或許她沒丟都已經算得上是大發慈悲了。

可是這點慈悲所具備的意義，頂多也只像在生魚片上放了蒲公英（？）那樣。戒除可瑪莉要持續到什麼時候？

再這樣下去她會精盡人亡，就算是那樣，海德沃斯先生也無所謂嗎？

「嗚…………嗚嗚嗚嗚嗚嗚…………」

被人完全斬斷可瑪莉元素的供給，佐久奈趴在七紅府的桌子上，嘴裡像是在念經一樣，不停叨念某個名字。那模樣活像是在經歷迴光返照。

「呼啊…………呼啊……可瑪莉小姐可瑪莉小姐可瑪莉小姐…………」

「那個——梅墨瓦閣下？若是妳身體不舒服，或許先去休息會比較好。」

「可瑪莉小姐可瑪莉小姐可瑪莉小姐可瑪莉小姐……!!」

「咿——!?」

來人是第六部隊的副將——巴特瓦．卡格里。

他擁有如岩石般賁張的肌肉，那眼力讓孩子看了足以在一秒內嚎啕大哭——以前在白極聯邦之戰中，他可是成功殺掉三百人的猛將，可謂身經百戰，但就連這樣的男人都敵不過佐久奈．梅墨瓦七紅天大將軍的氣魄。

應該這麼說，第六部隊成員在諸多方面皆對佐久奈感到懼怕。

當七紅天爭霸戰結束時，大家頂多覺得「她是美少女所以沒問題！」，但是最近佐久奈的言行開始變得過分奇妙，導致成員們皆受到驚嚇。

但那不是什麼大問題。

因為佐久奈現在滿腦子都裝滿了可瑪莉的事情。她打開桌子的抽屜，拿出先前保存起來當備用救急糧食的餅乾。這是前陣子可瑪莉分給她的。

「那是最後一個……我要吃了……」

佐久奈將那樣東西送入口中。

這是入口即化的可瑪莉風味餅乾。好酥脆。好甘甜。真美味。症狀都緩和下來了。整個腦袋暈陶陶的，感覺好幸福——

呼……………

心靈被淨空了。

海德沃斯都說了——「不要一天到晚都把注意力放在可瑪莉身上，要好好工作」。

那麼說是對的。不，雖然一天到晚追著可瑪莉跑的做法遭人否認，讓她覺得不服氣，但是七紅天應該要做的工作還是該確實完成才對。

這都是為了孤兒院的孩子們。

有人如此崇拜自己，她是該回報他們才對。

「——哎呀呀，看樣子戒除可瑪莉算是進展順利呢。」

這時梅希進到辦公室裡。

巴特瓦朝她做出最敬禮並出面迎接她，嘴裡喚了聲：「伯勒契斯閣下！」

看到她這個樣子，梅希露骨地「嘖」了一聲。

「都說我已經不再是『閣下』了吧？你的腦袋能不能靈活點？啊啊抱歉抱歉，我看你是辦不到吧。你是連腦子都裝滿肌肉的達摩玩偶。」

「是、是我失禮了。伯勒契斯大人……」

第六部隊成員知道梅希最近一直在佐久奈周圍打轉。

可能是對這位遭下屬幹掉的前任七紅天還有所顧忌吧，大家在對待她的時候，那態度都一副戒慎恐懼的樣子。

「梅希小姐……戒除可瑪莉到底要持續到什麼時候……？」

「持續到我判定『可以』為止。」

佐久奈覺得自己好像被判了無期徒刑。

梅希接著又嘲弄地笑了，發出「哼哼」一聲。

「總之——妳就努力撐住吧。要是成功了，我會給妳巧克力喔。」

「可瑪莉小姐和巧克力根本不能相提並論……」

「總有一天能相提並論的啦。只要妳繼續做孤兒院的工作就可以——喔對了對了，後天要去遠足，妳要來參加喔。只要有佐久奈在，孩子們也會很開心的。」

「遠足？」

這麼說來，印象中孤兒院那邊好像會定期舉辦大家一起出遊的活動。

佐久奈還記得以前海德沃斯也曾經帶她去露營。

可是後天有點不太方便。

「不好意思，這天需要開七紅天會議。帝都裡面發生了連續誘拐事件，好像是要討論這方面的事情。」

「喔？」

梅希稍加思索了一下。

「既然事情是那樣，那就沒辦法了。若是妨礙到七紅天的工作，那可就本末倒置了——但我要先說清楚，可不許靠近黛拉可瑪莉喔。一旦打破約定，我就會把妳的腦髓變成巧克力☆。」

留下這句危險的威脅性話語後，梅希就離去了。

可以的話，佐久奈也很想跟孩子們一起去遠足。

但如今為了那些孩子們，她更該集中精神把工作做好。

☆

「——到這個月被害人就已經來到第四個人了，而且全部都是小孩子。無論如何都必須解決此事。」

芙萊特・瑪斯卡雷爾在說這番話的時候，一臉不悅的樣子，語氣也很不善。

這裡是姆爾納特宮殿的「血染之廳」——中央設置了一張圓桌，有五名吸血鬼圍繞著這張圓桌坐著。最近姆爾納特因為一起連續失蹤事件鬧得沸沸揚揚，她們就是來針對這起事件展開討論的，因此才會召開七紅天會議。不過貝特蘿絲和海德沃斯目前正為了處理其他的工作，忙得無法出席。

就在佐久奈身旁，可瑪莉交叉起雙手放在胸前，臉上的表情顯得很嚴肅。

啊啊。可瑪莉小姐就在這麼近的地方。好可愛。好想跟她說話——

不對，現在不該想那些事情。佐久奈去捏自己的手背，藉此擺脫那些煩惱。

聽到芙萊特這麼說，德普涅跟著說了一句：「說得對。」並點點頭。

「我們目前完全無法掌握犯人的真實身分。而且現場並未殘留動用過魔法的痕跡，因此他很有可能是透過物理性手段犯案，或者是透過烈核解放犯下這一連串案件，這種可能性很高。若是由我和芙萊特繼續調查下去，也查不出個所以然來，今天請各位七紅天來這邊聚集，就是希望大家能夠提供協助。」

「——是要我們幫妳們擦屁股？」

在佐久奈隔壁（另一側）坐著的少女開口了。

那個有著一頭青色頭髮的少女，名字叫做米莉桑德・布魯奈特。

她手裡還靈巧地轉著一把短刀，接話時沒有停下玩弄的動作。

「這所謂的七紅天還真是丟人啊，區區一個罪犯也抓不到。」

噗嘰！——就跟往常一樣，芙萊特身上好像有某種東西斷裂了。

她的嘴角開始顫抖，但就算是這樣仍舊強顏歡笑，試圖保持平靜。

「……其實說真的，我也不是很想找妳們幫忙呢？如果能夠再多給我們一點時間，要把犯人找出來也沒多難。」

「看樣子厲害的就只有那張嘴。」

乓！——這次換芙萊特的拳頭打在桌子上。

佐久奈和可瑪莉同時發出慘叫聲「咿！」了一下，連坐姿都變得端正起來。

「還不是因為卡蕾大人下令，直言『七紅天須通力合作』！其實光靠我跟小德就十分足夠了！都怪卡蕾大人太愛操心！」

「是因為妳不夠可靠，皇帝才會想要仰賴其他七紅天不是嗎？」

「唔……！對，當然是這樣了！自然是因為我能力不夠，這點我承認！但就算是那樣好了，也不足以讓妳在態度上對我如此無禮，這不構成能讓妳那麼做的理由吧!?我可是妳的前輩！就連當七紅天的資歷也比妳——夠了，剛才妳對我嗤之以鼻是不是!?」

芙萊特．瑪斯卡雷爾跟米莉桑德．布魯奈特的關係很惡劣。

但佐久奈覺得這次米莉桑德有錯。

對方是容易動怒的人，她又惡意挑釁，事情才會演變成這樣。

待在佐久奈隔壁的可瑪莉這時小聲對她說了句：「怎麼辦啊？是不是該出面阻止？」

明明都處在這樣的情況下了，佐久奈卻心兒怦怦跳。只能說話十秒的規矩到現在依舊生效。可是梅希跟海德沃斯都不在這裡——就算稍微打破規矩，應該也不至於受到懲罰吧。

「說、說得也是，我覺得應該阻止她們。」

「可是介入的話，感覺會被殺掉。」

的確是。佐久奈在性格上不擅長強出頭，因此也拿不出介入兩人之間的勇氣。

再說這兩個人到底在做什麼啊？

明明該做更有建設性的議論才對。

「——妳這種態度未免太離譜了！既然在當七紅天就該牢記在心，時時都要注意言行舉止，讓自己像個七紅天！七紅天可是背負著國家威信的英雄——別再轉動那把短刀了！妳有中二病嗎！」

「我早就已經有所行動了。」

米莉桑德手中那把短刀對準了芙萊特，她還開口補上這句話。

「這把短刀——是最近一位受害人假定消失地點上所出現的掉落物。很有可能是犯人在使用的東西。」

「什麼……這種事應該要早點說啊！」

「哼，就算告訴妳，情況也不會有所進展。」

佐久奈真希望米莉桑德不要動不動就去煽動對方。

芙萊特整張臉都紅了起來，而且手也放到她那把細劍的刀柄上了。

可是米莉桑德根本不管那些，而是將短刀轉來轉去。

「這種短刀是非常特殊的武器。簡單用一句話來講，其實就是神器。跟我擁有的『銀滅刀』很相似，這把短刀並不尋常。」

話說到這邊，米莉桑德突然改成反手拿住那把短刀。

而且還無預警地刺了自己的左手。

這舉動讓現場眾人群起譁然。至於可瑪莉，她甚至都探出身體為米莉桑德擔憂，嘴裡說著：「妳在做什麼啊!?」可是米莉桑德卻沒有表現出半點吃痛的樣子。

這是因為——

「——這根本就不會留下任何傷口，不管再怎麼用力刺都一樣。」

「什麼？難道不是妳用魔法防禦嗎？」

「透過魔力就能夠查清了。皇帝所給出的見解是『此為使用者受限的神器』。

除此之外，研究所所做的調查顯示這把短刀和常世那邊發現的『帶』碎片在性質上酷似。」

芙萊特這才恍然大悟地看向黛拉可瑪莉。

「難道是——之前報告中提到的殲滅外裝？聽說崗德森布萊德小姐在常世那邊曾經跟一個男人戰鬥過，他就是使用類似的武器作戰。」

「是在說盧克修米歐的帶子？那的確給人一種很特別的感覺。」

「殲滅外裝恐怕是量身訂作的神器。在古老的裝備製作方法中，是有出現過這樣的案例。能夠將擁有者的血液登錄進去，藉此設定使用權——但那種技術如今已經失傳了。」

「哎呀，妳知道的不少嘛。」

「瑪斯卡雷爾家族還負責管理古文書。那些保存在私設圖書館中的文書，我大部分都看過了。」

此時米莉桑德嘴裡發出一聲「哦～」，似乎對這件事不怎麼感興趣，她的目光都落在短刀上。

「總而言之，事情說起來就是這樣。也許那個使用特殊武器的恐怖組織——『天文臺』正在背地裡作案也說不定。」

最後她草草下了這個結論。

總覺得討論到一半，案情好像變得越來越撲朔迷離了。

海德沃斯曾說「也許其他的愚者已經復活」。

那個之前在「弒神之塔」對戰過的愚者——劉・盧克修米歐。

雖說經過瘴氣這種莫名其妙的能量強化，但六戰姬和絲畢卡・雷・傑米尼若不合力對抗，根本無法戰勝那種強大的怪物。

這麼可怕的傢伙，還有其他的伙伴潛伏在帝都裡——

一定要趕快找出來殺了。

「天文臺的危險性，卡蕾大人都已經跟我提過了。我們必須盡快把人找出來逮捕。」

「那是要怎麼逮捕呢？或許就連那把短刀都是陷阱喔？」

「沒想到崗德森布萊德小姐這次這麼敏銳。」

「我無論何時都像海膽刺一樣銳利啊。」

「說的話還是一樣脫線……總之我們接下來必須思考作戰計畫。假如敵人真的是天文臺，那最好找赫本大人一起過來協助我們，這樣辦起案來會更加順利吧。」

於是接下來她們就展開了一場遲遲沒有結論的議論。

在靜觀其變的同時，佐久奈還在思考孤兒院的事情。不知為何犯案目標轉換成小孩子了，那麼她就必須確保那些孩子的人身安全。

就在這個時候，佐久奈口袋裡的通訊用礦石發光了。

那個是諾娜交給她的，方便她們隨時可以取得聯繫。

雖然現在不太方便接聽，但關於今後的作戰方針，芙萊特勢必會擅自做出決定。這也算是個好機會，她順便叫諾娜多注意一下吧——打定主意後，佐久奈朝著通訊用礦石灌注魔力，就在那瞬間……

『……——佐久……——佐久奈——！』

「諾娜？妳怎麼了？」

『——……救救……』

諾娜的聲音聽起來很迫切。

冷汗隨著佐久奈的臉頰流下。

『救救我們……——!!孤兒院的孩子們都……——』

「諾娜!?究竟發生什麼事了——」

『——妳是佐久奈·梅墨瓦對吧？』

礦石另一頭傳來男人的聲音。

佐久奈的思考在那瞬間停頓。都還沒問對方是什麼身分，那個男人就已經快速地說了一段話。

『赫本教會的小鬼頭都在我手裡，這件事情絕對不能告訴其他人。要是妳說了，這些小鬼就會沒命。』

佐久奈還聽見細微的悲鳴聲。那些孩子們就在男人身邊。

此時芙萊特用不解的目光看向這邊，嘴裡說了句：「梅墨瓦小姐？」

「開會途中居然還敢跟人通話，妳膽子不小嘛，知道現在是什麼狀況嗎？」

「對不起！我的肚子有點痛，先失陪了！」

「啊，站住——」

佐久奈從「血染之廳」慌慌張張地飛奔而出。

她在走廊上奔跑，並且朝著通訊用礦石叫喊。

「你是誰!?對孤兒院的孩子們做了什麼……!?」

『不認識我啊？聽到這個聲音還認不出來？』

「我哪會認識！像你這種人……」

感覺那個人好像在礦石另一頭爆出笑聲。

『原來如此啊。我甚至都沒被妳放在眼裡是嗎？也好，就告訴妳吧，反正妳也不得不正視我。我是原本待在第六部隊的卡列特。這個名字總該聽說過吧？』

卡列特。印象中第六部隊裡確實出過這麼一個吸血鬼。

這個男人的特徵就是雙眼目露凶光，而且身體特別瘦。

「那、那我要以七紅天的身分下令！現在馬上放了所有人，到七紅府報到！」

『誰理妳啊。』

對方似乎從鼻間發出一聲冷哼。

『我早就脫離帝國軍了，沒義務遵從妳的命令。』

「你是不是對我有恨意……？」

『恨？那是當然的吧！之前妳把我踢下去，被任命為七紅天時，我就覺得火大得不得了——可是那點小事都已經不重要了！因為我已經覺醒，看清自己身負崇高的使命！對於那些擾亂秩序的人，無需手下留情！』

秩序。這個字眼聽起來散發著不平靜的氣息。

『看來妳有擾亂六國秩序的可能，所以我要把妳殺了。一方面也是在對過去做個清算。』

「那你是抓孩子們當人質了……？」

『沒錯。妳現在馬上獨自一人來拉涅利安特的廢墟街。若是無視我的話，或是跟其他人提起這件事，這些小鬼頭的性命就會——』

「我要殺了你。」

佐久奈在那時用冰冷的語氣如此宣告。

礦石另一頭的那個人似乎因此呼吸一窒。

「我會親手殺了你，不會手下留情。」

『咿——咿哈哈哈哈！就是要這樣才對！』

「你給我等著，我現在就過去那邊。」

『可別拖拖拉拉的啊，我每隔十分鐘就殺一個人。』

噗滋。這段通話被切斷了。

佐久奈先是做了個深呼吸，接著再度奔跑起來。

為何這個世界會如此醜陋。

就好比是奧迪隆．莫德里，或是星砦的那些殺人魔，這幫人都想要危害佐久奈，以及她身邊那些重要的人。而且還一點罪惡感都沒有，只要能夠達成目的就好，選用的手段便是殘酷地傷害他人。

這樣的世界，必須做出變革。

如同可瑪莉所做的那樣。

「！」

這次換另一顆通訊用礦石發光了。

是梅希來聯繫她的。佐久奈停下腳步看著那顆礦石。那個哥德蘿莉吸血鬼都在做些什麼啊？佐久奈有點擔心她，接著將魔力灌注進去，試著接通通訊。

『佐久奈？我想妳已經知道出什麼事了——』

對方散發出來的感覺，不似平常那般甜膩。

想來這個人也很看重孤兒院。

☆

那個叫做卡列特的男人，原本待在帝國軍第六部隊。

他是個狡猾的人，而且很有野心，總想著有朝一日要算計梅希・伯勒契斯，打倒她奪取七紅天的寶座。還去借錢購入了大量的魔法石，一直在虎視眈眈，想要找到最適合殺掉上司的時機——可是突如其來現身的銀髮少女卻讓這一切全都付諸流水。

那個人便是佐久奈・梅墨瓦。

這女孩三兩下就打倒了梅希，還就任成為七紅天大將軍。

甚至透過某種手段洗腦卡列特，當他回過神，原本準備用來殺害梅希的魔法石，已經全部用到娛樂性戰爭上了。

卡列特試圖暗殺佐久奈好幾次。可是佐久奈卻出乎意料地無機可乘，若是正面跟佐久奈硬碰硬，他有可能反過來遭到討伐，這點讓卡列特卻步。於是在這一年內，他一直在跟蹤佐久奈，等待佐久奈暴露弱點的那個瞬間到來。

然而一名少女卻出現在這樣的卡列特面前——

她的身分自然就是「天文臺」的愚者01，菈菈．鄧肯。

「——切斷了！那傢伙把通訊切斷了！我話都還沒說完耶！」

此地位於拉涅利安特廢城街道中——是以前黛拉可瑪莉．崗德森布萊德和米莉桑德．布魯奈特曾經展開一場死鬥的地下教會。

那個瘦皮猴男卡列特將通訊用礦石砸向地面。

而在牆壁旁，被人用繩子捆綁起來的赫本教會孩子們彼此靠在一起。

人數上總計三人。其實應該要再多抓一點才對，但他們好像跑去遠足之類的，留在教會裡的人就只有這些。

「可惡……佐久奈．梅墨瓦……！那傢伙根本沒搞清楚自己的立場！只要我稍微動動手，這些小鬼頭就會到另一個世界去啊……！」

卡列特手裡握著菜刀，開始朝那些人質靠近。

只是殺掉一個人應該沒問題吧。

要怪就怪那個佐久奈．梅墨瓦在態度上太狗眼看人低。

「別、別這樣……！」

有個身上具備狸貓特徵的小丫頭淚眼汪汪地懇求他。

她像是在庇護另外那兩個人，抬頭仰望卡列特。

© riichu

剛才就是用這傢伙的通訊礦石來脅迫佐久奈．梅墨瓦的。

「接下來在你們三個人之間，我要挑一個來殺。」

「那、那個是神器……？如果那麼做，我們真的會……」

「咿哈哈哈！就是要真的會死，你們才害怕吧！要挑哪一個呢～挑哪一個呢～依我看果然還是宰了這隻狸貓效果最好～」

「──你這種做法，我還真是不敢苟同呢。」

那時一道冰冷的人聲響起。

有個少女就坐在教會的長椅上，嘴裡喝著紅茶。

她有著一頭色素淡薄的金色長髮，在燭臺火光的照耀下變得亮晶晶的。身上穿著裸露度特別高的哥德系服裝。看上去年齡和佐久奈．梅墨瓦好像沒有太大的差異，但是卡列特知道她的實際年齡已經超越六百歲。

「對、對不起，菈菈大人！那是在說笑的！不會把那些小鬼頭殺掉啦！」

「那就好，要鄭重對待那些孩子。」

「是!!」

這個少女的名字叫做菈菈．鄧肯。

她便是天文臺的愚者01，還是為卡列特指出一條明路的恩人。

她突然出現在卡列特眼前，對他提出邀約，當時她是這麼說的──「你要不要來協助我成就大業？」

卡列特也因此覺醒成為守護秩序的戰士。

「——卡列特先生，你知道我們天文臺為什麼要在帝都這邊引發誘拐騷動嗎？」

「當然曉得！是為了增加伙伴對吧？」

「說對了。天文臺的愚者有六個人——不，現在就只剩下五個。而在這之中的三個人，如今依舊沉睡著。如此一來若是要將《稱極碑》上浮現出來的破壞者通通處分掉，人手上是不足的。因為如今的破壞者跟過去的相比，又顯得更加強大了些。」

帝都這邊發生了一連串的誘拐事件——

那是卡列特聽令於菈菈挑起的。

目的是要「找出適合當下一位愚者的人」。

由於愚者04劉・盧克修米歐已經無法東山再起，他們才需要找到足以繼承他那身殲滅外裝的人。雖然直到現在都還未找到足以承接殲滅外裝04《縛》的合適人選。

「那邊那三個人也不適合呢。原本還以為純真的孩子更容易成為相應人選——也許銀盤早已將那樣東西設定成只適合盧克修米歐先生使用。」

「那——順便問一下，那位盧克修米歐大人現在怎樣啦？」

「呵呵，也不曉得他現在怎樣了呢。」

當菈菈含著紅茶時，她嘴邊浮現一抹不以為然的笑。這身神祕氣息真讓人難以抵擋。我可是為了守護這個世界而暗中行動的黑暗英雄——在卡列特心中，那種幼稚的高昂感越發膨脹。

「總之先把那些孩子放了吧。我們是秩序的守護者，不是破壞者。絕不能對無罪之人施加危害。」

「是要消除他們的記憶還回去嗎？」

「對，你那邊有用來消除記憶的魔法石對吧。」

「那東西……有是有……但用不著現在馬上把他們放掉吧？」

菈菈在那時嘆了一口氣，口中發出一聲「唉」。

「是為了佐久奈・梅墨瓦嗎？看來你非常執著呢。」

「這是當然的吧！從前在俗世間跟人產生的糾葛，我想要先做個了斷！藉這次的誘拐事件順道把佐久奈・梅墨瓦殺了！」

「這樣也好，那也是天文臺該做的重要工作。那個女孩子的名字並沒有浮現在《稱極碑》上——但事先把黛拉可瑪莉・崗德森布萊德的伙伴處理掉會更好吧。」

菈菈將紅茶的杯子放到椅子上，嘴裡輕輕發出「嘿咻」一聲並站了起來。

「接下來你自便吧，但你要順便擬定下一次的誘拐計畫。」

「遵命！等到把佐久奈・梅墨瓦殺了再來想！」

「也行。」

待說完這句話，菈菈就消失在黑暗深處。

被留在原地的卡列特嘴角邪惡地歪曲。

對方很信賴我。相信卡列特能夠戰勝佐久奈・梅墨瓦。

要殺掉。必須殺掉。想要危害秩序的人都該——

「——很好！狸貓！就先把妳宰了！」

「為、為什麼……!?剛才那個人不是說不能殺我們嗎！」

「妳是在說菈菈大人啊？」

卡列特接著轉頭左顧右盼，觀察周遭的情況。

菈菈・鄧肯的氣息已經完全消失了。

「沒什麼好怕的！反正她本人不會看到！說起我的目的呀——那當然是追隨菈菈大人守護世界秩序了！可是讓佐久奈・梅墨瓦陷入絕望也是很重要的啊！若是不這麼做，我就沒辦法成為真正的秩序守護者！」

「你在說什麼……？」

「凡人是不會懂的啦！但不懂也沒關係！黑暗英雄本來就是不被任何人理解的孤獨存在！」

卡列特緊緊握住菜刀。那些小鬼開始發出悲鳴聲，七手八腳地掙扎。然而他們的手腳都已經被繩索捆得牢牢的，若非天地間發生異變，他們根本無法逃離。

而那隻狸貓還在大叫：「佐久奈——！救救我！」

在這傢伙心中，那個佐久奈·梅墨瓦是英雄。

這讓卡列特的怒火跟著沸騰起來。那傢伙可是從他手中奪走七紅天寶座的吸血鬼。以前明明是動搖秩序的恐怖分子，卻不知為何獲得大家原諒，她其實是個殺人魔。

一定要讓佐久奈·梅墨瓦陷入絕望境地。

為了實現這點，他已經沒有選擇手段的餘地了。

「呀哈哈！去死吧！」

卡列特將那把菜刀猛力揮下。

孩子們都因恐懼而顫抖著身體，並將眼睛閉上。

就先把手砍下來吧。

打定主意後，卡列特正準備使力，但就在那瞬間——

「啊？」

他迎來一種非常不對勁的感覺。

就很像受到絲線拉動似的，卡列特的視線向上看。結果發現一隻令人眼熟的右腕在半空中旋轉飛舞。那個不是狸貓的東西——而且奇怪的是，這隻右腕還緊緊握著卡列特原先拿在手裡的菜刀。

「先……先等等!?到底發生什麼事了。」

「你就是犯人？」

咚唰。卡列特被人切斷的右腕掉落在地面上，同一時間，連靈魂都能為之凍結的聲音也順勢震動著他的耳膜。

他放慢動作、慢慢地回過頭。

就在教會的入口附近——那裡站了一個白色的幽靈。

她有著一身冰寒的魔力，那視線就如同針一般銳利。手裡還握著魔杖——冰之刃就是從那裡射出來的，肯定是她用那個將卡列特的手砍飛。

這讓卡列特忍無可忍地叫出那個名字。

「佐久奈・梅墨瓦————!!」

孩子們紛紛發出歡呼聲。

卡列特也準備手忙腳亂地拿出另一把菜刀。

但就在那瞬間，佐久奈・梅墨瓦卻迸出一身殺氣襲向他。

☆

赫本教會的孩子們在梅希的率領下前去遠足了。

但有些孩子基於個人原由沒辦法到外面去。那些孩子都留在孤兒院，由赫本夫人（海德沃斯的妻子）和諾娜一起照顧他們。

不料卻有不法之徒想要趁機對他們動手——那個人就是卡列特。

他也是佐久奈必須殺掉的人。

「居然敢把我的右手給……！我要讓妳也嘗嘗同樣的滋味！」

一把菜刀劃出俐落的軌跡揮來。

看來類似的武器，他那邊有兩個。

但沒必要避開，佐久奈舉起手掌對準那個菜刀——

緊接著毫不猶豫地赤手空拳接下。

「呀哈哈！妳是白痴啊——咦？」

卡列特的表情在那瞬間僵住。佐久奈的指尖散發出一股寒氣，順著那把菜刀延伸過去，僅只一瞬間就將卡列特的手腕凍住。

「什麼——這怎麼可能!?」

「礙事。」

啪鏗鏗鏗鏗鏗鏗鏗鏗鏗鏗鏗——!!

原本卡列特還用左手握著菜刀，這下他連左手都被人輕易粉碎了。

一些冰之粒子帶著晶瑩剔透的光彩飛散開來，悽慘到讓人不敢聽下去的慘叫聲隨之大作。

但就算是那樣，卡列特也沒有失去鬥志。他立刻翻身拉開一小段距離，這次改用肉眼都捕捉不到的速度踢出迴旋踢。

「去死吧————!!」

緊接而來的是一陣衝擊。

因為他的鞋尖踢中佐久奈的臉頰了。

「呀哈哈哈!!妳活該!!看我踢碎妳那張滿不在乎的臉!!」

「踢碎？你有做了什麼嗎？」

「什麼……」

卡列特的神情在那時因驚愕而扭曲。

這根本就不痛不癢。畢竟蒼玉種這種種族生來就具備肉體堅硬如鋼的優勢。那點程度的物理攻擊根本不管用，而且最近佐久奈還架構出一套可以透過冰凍魔法來自動防禦的系統。就算遭遇意想不到的攻擊，她也不會受到任何一絲損傷。

「開……開什麼玩笑！妳這傢伙到底是什麼鬼東西！」

那個卡列特開始連滾帶爬地後退。

他都已經失去雙手了，這傢伙還真是頑強。

「──快說，你對諾娜他們做了什麼？為什麼要帶他們到這種地方？」

「這、這些傢伙都是天文臺的活祭品！只是他們似乎入不了菈菈大人的眼！」

「天文臺？那你果然是愚者的同伙了？」

「沒錯！我是崇高的天文臺使徒！為了守護這個世界的秩序而戰，是正義的英雄！」

「是嗎？那我就必須殺了你調出記憶。」

佐久奈拿起魔杖突擊過來。

在這種距離下，比起放出魔法，直接把對方打死會更快。

她是那麼打算的，正要揮動魔杖敲下去的瞬間──

「蠢蛋！我早就看穿了！」

卡列特在那時向後退開，還踢飛兩顆魔法石。

那個紋路是──兩顆恐怕都是【小爆炸】。

而且裡頭早已裝填魔力，沒辦法閃避；可是一旦引爆，諾娜他們也難免遭受波及──於是佐久奈就將魔杖扔到地面上，並將所有的魔力都集中於雙手。

接著她赤手空拳接住那兩個魔法石。

「啊──？」

在緊握的拳頭內側，傳來一陣劇烈的衝擊。

但頂多就只有這樣。被裹上冰層的手掌將那些爆炸能量全都吸收了。雖然還是有被燒傷了一點點，但只要過個一天，就能透過魔核治好吧。

卡列特在那時半是狂亂地大吼。

「──喂，這也太亂來了吧!?為了殺掉妳，我可是做了各種準備啊！」

「我也一直都有在做準備。為了能夠成為可瑪莉小姐的助力……」

「我準備的更多!!一直尾隨妳探查弱點!!不管是早上中午還是夜晚都一樣──明明都做到這樣、都做到這樣了啊！」

「你是跟蹤狂嗎？我覺得做這種事不太好。」

「咕啊！」

一顆拳頭打向卡列特的顏面，這導致卡列特的身軀朝著他背後飛去。

諾娜他們都在嘶聲高喊：「佐久奈加油──！」

她不能辜負他們的期望。

「妳、妳這個混帳──!!竟然敢對我做這種事情──!!」

「放棄吧，你是沒有勝算的。」

「不可原諒……不可原諒……那些秩序破壞者，我要全都殺了!!只要把妳殺掉，菈菈大人就會褒獎我……!!」

卡列特接著便凝聚魔力，像個彈簧般彈上天去。

佐久奈原以為對方會就著這樣的氣勢襲擊過來——但讓人意外的是，卡列特卻瞄準被綁住身體動彈不得的諾娜等人，在他們附近著地。

「這些人同時也是人質！沒錯、就是那樣，只要有這些傢伙在手，我就不會輸！喂，佐久奈．梅墨瓦！若是妳不希望這些臭小鬼沒命，那妳就自己割下頭顱自殺吧！」

「佐久奈……！」

「真可惜呀！一旦有了要守護的東西，人就會變得軟弱！」

卡列特接著用大腿夾住短刀，抵在諾娜的脖子上。

雖然那個姿勢看起來很滑稽，但是他只要稍微動一下，諾娜的喉嚨就會被切斷。

難以保證那個東西不是神器，因此佐久奈也無法輕舉妄動——

不，沒問題。

她不再猶豫，邁開步伐跑了起來。

「——啊!?這幾個小鬼會有什麼下場，妳都無所謂喔!?」

「那樣不行，所以我才要確保萬無一失。」

「在說什麼——啊。」

卡列特周圍好像有些黏糊糊的不明液狀物體在搖動。

教會內部逐漸被一股甜膩的香氣填滿。

那些都是——融掉的巧克力。

卡列特的短刀都已經被這些東西纏繞覆蓋，就連他整具身軀也都逐漸沉入黏稠的泥沼中。腳踝還被巧克力擠爛，這導致卡列特口中發出慘叫聲，在地面上滑倒。

「——呀哈哈哈！我的巧克力滋味如何？雖然吃了會死就是囉。」

「妳是……梅希．伯勒契斯……!?」

梅希人就站在教會的入口處。

她臉上帶著嘲弄的笑容，粉紅色的雨傘因魔力發出光芒，那把傘正指著卡列特。那些巧克力都來自梅希擅長使用的特級貯古魔法【爐心熔毀】。佐久奈打從一開始就沒打算單槍匹馬作戰。

「去吧佐久奈，盡情大顯身手吧。」

梅希在這時揮動雨傘催促佐久奈。

諾娜他們都目不轉睛地看著這邊。

佐久奈．梅墨瓦應該要做的事情——那就是身為同樣出自孤兒院的前輩，外加帝國最強七紅天一員，她所要做的唯有守護這些孩子們的人身安全。

既然梅希都已經幫自己打造好舞臺了，那麼她也沒必要躊躇。

「我、我明明叫妳一個人來！竟然破壞規矩，太卑鄙了吧!?」

「卑鄙的是你才對。」

佐久奈將魔杖重新拿好——

卡列特被巧克力弄到動彈不得，那把魔杖則是朝著他揮下。

這也導致他的頭蓋骨碎裂，裡面的東西都跟著噴灑出來。

※

六國新聞 五月三十日 早報

『犯人遭到逮捕 佐久奈・梅墨瓦閣下立下功勞

【帝都——梅露可・堤亞】因帝都發生多起誘拐事件，原為帝國軍第六部隊成員的麥斯・卡列特嫌疑人（二十五歲）疑似犯下多起罪案，被人視作現行犯逮捕，向七紅府採訪後已得知此消息。卡列特嫌疑人透過特殊的神器和魔法重複犯下多起誘拐案，這兩個星期以來更是將目標鎖定在孩子身上，犯下多起罪行……（中間省略）……嫌疑人原本據守於帝都廢城，但七紅天佐久奈・梅墨瓦大將軍閣下單

© riichu

槍匹馬突擊，將那些人質全都救回來了。一拳打去飄散在帝都中的不穩氣息，在姆爾納特各地，人們都在誇讚她的活躍表現，開始高呼「佐久奈名號」。之前梅墨瓦閣下都不太受到矚目，不知她今後會為我們帶來什麼樣的活躍表現，這點值得觀望。』

☆

自從廢城發生了那場騷動後，時間又過去一個禮拜。

世界局勢急轉直下，朝著夏季邁進。就連灑落在帝都中的日照也日漸增強。若是今年也能跟可瑪莉小姐一起去海邊就好了——心中抱持著淡淡的期待，佐久奈轉眼看向赫本教會的中庭。

那裡有孩子們在大聲喧鬧。

而在人群中心被大家簇擁的，正是一名身高跟他們沒有太大差別的吸血鬼——黛拉可瑪莉．崗德森布萊德。知道佐久奈原來一直都往返於孤兒院後，可瑪莉就犧牲休假日，特地來這裡遊玩。她是那麼說的：「我想要多瞭解佐久奈的事情。」聽到這句話的時候，佐久奈還以為自己會因為過度攝取可瑪莉元素而蒸發掉。

「好、好了啦！我就只有一個人！這樣一直拉著我會造成我的困擾啊！」

「可瑪莉！」「可瑪莉！」「弄超強的魔法給我看！」「妳把這個球捏爛好不好！」

——可瑪莉果然也很受歡迎。她原本是只能在新聞報導上看見的英雄，如今這位英雄來了，也難怪孩子們會是那種反應。因為一時間沒注意，可瑪莉的帽子被人搶走了，她嘴裡喊著：「還給我——！」開始追趕那些孩子。緊接而來上演的是一場熱熱鬧鬧的鬼抓人。

「——這次真是多虧妳了呢。如此一來，天文臺的活動也逐漸明朗化了。」

就在中庭的某個角落裡，放了一張桌子。

佐久奈、海德沃斯和梅希都在喝紅茶，同時一邊觀看可瑪莉和那些孩子上演攻防戰。

「主嫌就是那個名字叫做菈菈・鄧肯的吸血鬼對吧？」

「對，我已經讀取過記憶了——」

海德沃斯這時回了一聲：「原來如此。」將雙手交放於胸前，並發出一道嘆息聲。

佐久奈和梅希合力逮捕卡列特，再加上發動了烈核解放【星群之迴】，助他們找出隱藏在卡列特背後的真正犯人。那時浮現出一道嬌小的吸血鬼身影，她身上穿著哥德風服飾。

是愚者０１——菈菈・鄧肯。

亦是被姆爾納特帝國魔核所解放出來的吸血鬼。

雖然不曉得她目前潛伏在什麼地方，但是帝國政府已經在通緝她了，並且有大規模的搜索。有一把短刀遺留在誘拐事件的案發現場，人們得出的結論是——那肯定也是她的殲滅外裝。

「真火大，這一定是在挑釁我們。」

「挑釁？這是什麼意思呢？」

梅希接著朝紅茶丟了塊巧克力。

「——一般而言，犯人都不會留下足以成為證據的武器。她還會找卡列特這種頭腦簡單的笨蛋來當爪牙，這點也很奇怪。那個叫做菈菈・鄧肯的傢伙，是故意做給我們看的。那是在對我們說『你們根本不是天文臺的對手』。」

「唔嗯，如此想來，確實會覺得她是在挑釁我們。」

知道菈菈・鄧肯長什麼樣子的，就只有佐久奈一個人。

那名少女確實給人一種深不可測的感覺。

她臉上有著輕慢的笑容，行動上也給人游刃有餘的感受，最重要的是，她實際上所使用的識別編號還是「０１」（根據卡列特的記憶顯示，這個數字代表的似乎是地位和強度。）。

反正那肯定不是好對付的敵人。

「——總而言之，這方面的調查工作會讓帝國軍繼續接手執行。眼下能夠解決誘拐事件，我們就該感到開心了。」

「這樣想未免太悠哉。但既然赫本大人都那麼說了，那我也沒什麼意見。」

「哈、哈、哈！像這樣悠哉待機正好！若是太過緊繃，會變得很疲憊喔——妳不如也去陪那些孩子們遊玩吧？」

「不好不好。做那種事情更累～」

如今在庭院裡，那場鬼抓人依舊持續著。

身為女僕的薇兒海絲正跟那些孩子們一起，結伙傳遞可瑪莉的帽子玩接力。

可瑪莉小姐好可憐。如果是我的話，我會對她更溫柔——佐久奈有種心癢難耐快坐不住的感覺，那時海德沃斯望向她，嘴裡喚了聲：「佐久奈。」表情變得嚴肅起來。

「孤兒院之所以能夠恢復和平，都是妳的功勞。」

被誘拐的那三個人全都平安無事。

尤其是諾娜，經歷了這次的事件，她希望加入帝國軍的憧憬之心似乎變得更加強烈了。來跟佐久奈拜託過好幾次，對她說：「教教我變強的方法！」佐久奈心想或許能夠再找她來七紅府參觀一下。

「——當時是我的身體自己動起來的。因為我很擔心那些孩子們。」

「這就是佐久奈強大的地方。能夠為我們守護他們，真的很感謝妳。妳這次有非常亮眼的表現，這同時也是伯勒契斯小姐希望看到的。」

「你是說伯勒契斯小姐？」

佐久奈看向在她對面喝紅茶的那位哥德蘿莉少女。

雖然梅希表露出來的表情像是寫著「為什麼扯到這邊去」，但她還是將杯子放到桌子上。

「……要妳戒除可瑪莉，一方面也是希望達成這個目的。」

「那個……這些話我聽不太明白……」

「妳可是殺掉我成為七紅天的可恨的吸血鬼喔？若是妳不好好當個亮眼的將軍，我的面子該往哪擺。可是妳卻把注意力都放在黛拉可瑪莉身上，活得那麼軟爛。那個吸血鬼可是如太陽般耀眼，只要跟她待在一起，妳就永遠都會是配角。」

所以他們才會強迫自己戒除可瑪莉嗎？

的確是那樣——可瑪莉身上具備所謂的主角特質。

會讓人心中湧現一種想法，希望可以努力做好幫襯，讓可瑪莉好好發揮力量。

可是梅希希望看到的並不是那樣。

「採取像薇兒海絲或愛蘭翎子那樣的生活態度是沒什麼問題，但妳可是殺了我的七紅天喔？若不能讓妳拚死往上爬，那可就困擾了——畢竟我可是預計要找個機會報仇，以下屬的身分殺了妳喔。」

「伯勒契斯小姐很看好佐久奈。若是沒有妳，這個世界就守護不好了。今後妳也要繼續以七紅天的身分努力下去。」

「好、好的……！」

經歷了戒除可瑪莉和誘拐事件，佐久奈的心出現了些許變化。

就為了那些孤兒院的孩子們，在工作上更加努力吧——她心中萌生了這樣的想法。星砦、天文臺、逆月——這個世界上有許許多多的惡黨蔓延。雖然可瑪莉堪稱是天下最強且無人能敵的霸主，卻沒辦法守護所有人。那麼為了保護某些人，佐久奈也必須自願挺身而出。

「——佐久奈～！快來幫我！我一個人應付不來！」

此時她聽見可瑪莉在呼喚自己。

因為被孩子們包圍的關係，可瑪莉正疲於應付。

佐久奈那時不由得回頭看看梅希。

「那個——戒除可瑪莉的事情……」

「就隨妳便吧？但妳若是荒廢了七紅天該做的工作，事情就另當別論囉♪」

這話讓佐久奈不禁綻放笑容。

這下總算解禁，又能夠靠近可瑪莉了。

接下來可以盡情跟可瑪莉小姐接觸——

「可瑪莉小姐！我現在就過去那邊！」

「太好了……！那些孩子從四面八方拉我，我都覺得我的身體快要被拉散了！」

「好了，大家不能這樣！想要跟可瑪莉小姐一起玩的人，要按照順序來！」

「就是說啊——嗯？咦？妳為什麼要過來抱住我……？」

佐久奈彷彿聽見背後的梅希發出嘆息。

原本還在為奪取帽子樂在其中的薇兒海絲手忙腳亂跑了過來，嘴裡還喊著：

「梅墨瓦大人!?」

那些佐久奈才不管呢。無論是七紅天的工作還是孤兒院這邊的工作，她都會確實做好，然後找空檔來跟可瑪莉相親相愛。這就是佐久奈・梅墨瓦應該要肩負的使命。

看到佐久奈來了，孩子們都非常高興。

雖然嘴巴上抱怨一堆，但可瑪莉看起來很開心的樣子。

為了這個笑容，要她付出多少努力都行——佐久奈用這句話告誡自己，著手攝取好久都沒有吸收到的可瑪莉元素。

吸

[0] 終章

此地是核領域北部地區。

冬天會有讓人身心都為之凍僵的寒風吹襲，但如今已經逐漸能夠聽見夏季的腳步聲，就連在白極聯邦周邊都開始被暖和的空氣籠罩。

一旦到了這種時期，普洛海莉亞・茲塔茲塔斯基就會開始頻繁活動。

有個總是在她身邊如影隨形的隨從少女比特莉娜・謝勒菲那，最近開始有個念頭。

——話說這個人，是不是在工作上真的賣力過頭了？

「——哇、哈、哈、哈！這下知道了吧！這就是白極聯邦最強六凍梁普洛海莉亞・茲塔茲塔斯基閣下的實力！在我的槍彈面前，一切都是那麼無力！你們這些阿爾卡的鐵鏽還是早早回家去，把精力拿來玩桌遊吧！」

唔喔喔喔喔喔喔喔喔喔喔喔喔喔喔喔喔喔喔喔喔喔喔喔——————!!

茲塔茲塔閣下!!茲塔茲塔閣下!!茲塔茲塔閣下!!

那些身為部下的蒼玉種們都為她送上盛大的聲援。

這光景就好比某國的第七部隊，可是普洛海莉亞的部隊跟那些野蠻人還是有著一線之隔。他們這裡在聯繫、報備還有上意下達部分做得很徹底，每一個人都是智勇雙全的精強士兵，那些吸血鬼根本沒得比。雖然之前有一次被比特莉娜指揮的時候輸掉，但那只是偶發事件罷了。

「來吧！讓我們前往下一座戰場！聽說最近拉貝利克王國很張狂，那我們的職責就是挫挫他們的銳氣！親愛的蒼玉種們，已經做好將敵人殺個片甲不留的準備了嗎——!?」

唔喔喔喔喔喔喔喔喔喔喔喔喔喔喔喔喔喔喔喔喔喔喔喔喔喔喔————!!

茲塔茲塔閣下!!茲塔茲塔閣下!!茲塔茲塔閣下!!

聽到那些部下們不停大喊「茲塔茲塔」，普洛海莉亞哈哈大笑，比特莉娜則是偷瞧了她一眼。

這個人果然是工作過度了。那她必須確實給予提醒。

「——不好意思，普洛海莉亞大人。但我覺得您也差不多該休息一下了。」

「休息？妳是在叫我休息？」

「這單純只是一個提議。感覺最近普洛海莉亞大人都在為了國家捨身忘己。若是拚命過頭，身體會搞壞的。」

「呵，那種事是不可能發生的。」

普洛海莉亞透過魔法將槍枝收到亞空間中，同時回了這句話。

「我可不曾感冒過，想必接下來也不會感冒吧。」

「可是……」

「我們走，這都是為了那些在等待我們的人。」

普洛海莉亞的工作可不是只有負責打仗。

她還要去統括府找書記長，提出各式各樣的政策。現在依然繼續在當鋼琴老師，「為荒野增添綠意會」的活動也不遺餘力參加。不僅如此，最近她更說：「我必須瞭解一般民眾的生活。」開始在餐飲店那邊打工。

比特莉娜承認她具有很高的潛能，但有必要工作成這樣嗎？

書記長時常會對普洛海莉亞下這樣的評語——「那孩子對於正義使者一直懷抱憧憬」。這句話究竟意味著什麼，比特莉娜到現在還沒想透。

「普洛海莉亞大人，您到底在著急些什麼？」

「唔……」

此時普洛海莉亞停下腳步。

她沒有轉過頭看比特莉娜，而是發出一聲輕喃。

「……努力是很重要的，這樣才能夠在危急時刻派上用場。」
「您這樣是在顧左右而言他，應該要用我聽得懂的方式告訴我。」
「妳不需要搞懂。但若是硬要用一句話來說——」
比特莉娜覺得她那張側臉好似蒙上了一層陰影。
這點令人大感意外，於是她眨了好幾下眼睛。
從那個最強的六凍梁身上，她能感受到如春日融雪般的縹緲感。
「我大概是怕被人遺忘吧。」
「啊？遺忘……？」
「沒什麼，妳把這句話忘了吧。」
「啊，請等一下。」
普洛海莉亞說完便轉身離開戰場。
比特莉娜就只能拚命追趕那道背影。
原來這名少女心中也懷抱著某些憂思。
那麼將那些全數破壞，將會是她這位隨從的職責所在。
正當比特莉娜為此立下堅定的決意時，普洛海莉亞忽然拿出通訊用礦石。好像是有人跟她聯繫。看她擺出那麼厭惡的表情，對方十之八九是書記長吧。
「喂喂，我是普洛海莉亞，現在很忙，麻煩改天再聯繫。」

『抱歉，這沒辦法。有十萬火急的要事。』

果然是書記長。

他的語氣悠哉到不像是十萬火急。

「有什麼事？如果是很無聊的事情，我就把通訊切斷喔。」

『之前不是有人企圖暗殺妳嗎？』

「對，那人好像是天文臺的愚者05。有聽說她已經被人祕密逮捕了。」

「……不好意思，普洛海莉亞大人。請問您在談什麼。」

『喔？在那裡的人是比特莉娜吧？這樣正好，這個訊息我們也預計要發布給聯邦保安委員會，所以妳也來聽聽吧。』

所謂的聯邦保安委員會，就是比特莉娜正在效力的間諜組織。

那部分先就此打住，畢竟這段對話的後續更是讓人在意得不得了。

『前些日子原本該讓普洛海莉亞乘坐的馬車被人炸掉了，這件事妳應該曉得吧。』

「是，不可原諒。居然敢對姊姊大人下手………」

『昨天已經抓到那個犯人了。那傢伙自稱是「天文臺愚者05」。一旦魔核受損，愚者就會覺醒——如今回想起來，之前向常世派遣搜索隊時，我們的魔核就已經出現輕微損傷了。大概是那個時候醒來的吧。」

沒錯。為了打開通往常世的門，他們故意損傷《冰花箏》。但並沒有弄出太大的傷痕，因此還是保有魔核該有的機能，這部分沒出什麼問題。

『這些天文臺的愚者，就是在常世作亂的劉．盧克修米歐同伙，那幫人的目的似乎是殺掉毀壞秩序的「破壞者」。普洛海莉亞似乎也被算在內了。所以他們才想取妳的性命。』

「這下困擾了呢。」

「但是犯人已經抓起來了吧，接下來只要透過拷問逼出情報就行了。」

『這份工作想要交給聯邦保安委員會去做。我們抓到愚者05，這份情報並沒有透露給其他國家，原先天文臺和殲滅外裝的祕密，就只掌握在白極聯邦手中。』

「原先？」

『那個人從我們手中溜了。』

「……………」

普洛海莉亞的眼神變得銳利起來。啊啊。她生氣了。

『監牢那邊早已施加了好幾重的封印魔法，但都被突破了。是我們太小看那幫人的殲滅外裝。』

「書記長，天文臺具備超乎常理的力量，這點早就已經跟你們報備過了吧？」

『對。所以才要盡快將人抓回來。』

「都說了！為了避免這種事情發生，原本就該先做好萬全準備啊！」

『抱歉啊。可是事情都發生了，現在講這些也沒用吧。』

「這我也知道……那麼書記長大人是希望我做些什麼？」

『幸好那個愚者對於魔法沒什麼警覺性。根據探測魔法顯示，那傢伙似乎要前往姆爾納特帝國。目的或許是要跟早已覺醒的愚者０１會合。』

「你說他跑到姆爾納特去？」

『沒錯。雖然妳排定跟人展開娛樂性戰爭，但那些都已經回歸白紙一張，妳先去追查愚者的動向吧。』

「但我還得去當鋼琴老師耶？」

『這麼做都是為了世界著想。』

普洛海莉亞在這時「唉」了一聲，發出好大的嘆息。

又有工作落到她頭上。

而且這次的案件還是扔著不管會出大問題的那種。

正因為如此，普洛海莉亞更不可能坐視不管。

「……比特莉娜，我們去姆爾納特吧。」

「是，但其他工作放著不管可以嗎？」

普洛海莉亞將通訊用礦石收到懷中，撇嘴笑了一下。

「人家都說這麼做是為了保護世界，那就沒辦法了。再說還要跟敵人算企圖取我性命的這筆帳，看我射穿他們的陰謀。」

「明白了。那我們什麼時候出發？」

「立刻出發，就讓我們開開心心去遠足吧。」

於是在這之後，白極聯邦將要展開愚者殲滅大作戰。

☆

入夜了。在朦朧的月光之下。

有一道人影在姆爾納特帝國的小巷子裡徘徊。

那個人有著一頭色素偏淡的長髮，身上穿著特別暴露的哥德風服裝——前些日子帝都發生了連續誘拐事件，她就是在背地裡動手腳的少女，愚者０１菈菈・鄧肯。

正如同「０１」這個編號所示，如今銀盤亡故，菈菈便成為天文臺的領頭人。

她要繼承銀盤的遺志，率領愚者捍衛世界秩序。

目前在這個世界上復活的愚者只有三個人。分別來自姆爾納特帝國、白極聯邦、夭仙鄉——他們是因這三國魔核復甦的秩序守護者。可是劉・盧克修米歐身負重傷無法再戰，因此實際上就只剩下兩個人在活動。

而另外那三個人都已經被發布緊急號召令，希望能夠促使他們覺醒（天文臺還能這麼做），但是這六百年來他們似乎沉睡得太深，都已經經過兩個月了，到現在還是沒有醒來的跡象。

出現在《稱極碑》上的破壞者們正在恣意妄為。

為了維持秩序，必須把他們殺了。

這下菈菈勢必得要出面努力一番。

她身為天文臺的首領，無論何時都要保持冷靜，而且要夠狡猾，虎視眈眈等著敵人出現破綻的那瞬間到來。因此她不能一直在這種地方晃蕩。雖然不能——

菈菈卻遇到令她進退兩難的窘境。

「找不到短刀……」

她眼裡浮現淚水。

殲滅外裝01《刻》——那是菈菈從銀盤那裡得到的至高武器。

形狀是一把短刀，而且非常強大。因為手中握有這樣東西，菈菈才得以數度死裡逃生。

可是如今她手邊卻沒了《刻》。

菈菈總是把這樣東西拿在手裡轉圈把玩，正是這習慣害慘了她。之前拿麥斯·卡列特當棋子引發誘拐事件時，菈菈突然想看看他工作做得怎麼樣，於是就出去視察。然後——這中間發生了許多事情，短刀就弄不見了。當時附近有一間賣可麗餅的店，她跑去買可麗餅來吃，搞不好是吃的時候覺得《刻》太礙事了，就把那個東西放在長椅上。後來被人順手牽羊了。這裡治安也太差了吧。

自從那件事情發生後，菈菈就故作平靜，時常在小巷子裡徘徊。

她當然是在找《刻》。

「——我應該要用正向的態度看待。這是銀盤給予我的試煉。若是沒有殲滅外裝還能清除破壞者，我又能朝著更高的境界邁進一步。」

菈菈流露出傲氣的笑容。

其實她也知道自己的臉部在抽搐。

伙伴們常常說她「有的時候很脫線」，但這一切都是經過精密計算的——菈菈仍在心中如此強辯。

——事實上就在這一刻，發生了令人傻眼的誤算。

她早就料到麥斯·卡列特會被人抓住。可是沒辦法消除他的記憶，於是就被佐久奈·梅墨瓦用她所擁有的超常烈核解放【星群之迴】找出菈菈真面目，而且將相關情報擴散到姆爾納特這邊。目前菈菈還不曉得這件事。

「呵呵，今天晚上的月色也很美呢。」

抬頭仰望夜空，菈菈獨自一人笑著。

那沒有什麼特殊意涵，只是為了化解心中的焦慮。

不管怎麼說，她都必須盡快找到《刻》。殲滅外裝對於愚者來說就等同他們的命脈。愚者原本都只是一群沒有特殊才能的人。這樣的弱者若要和那些破壞者拚鬥，少了最強的武器哪有實力和他們較量。

愚者。那是她為數六人的伙伴。

他們一定要實現銀盤的遺志。

從前曾親眼目睹第六世界的悲劇，不能再讓同樣的悲劇上演。

一旦對這些破壞者放任不管，那麼這個世界將會如字面所述，迎向終結。

眼下被刻在天文臺《稱極碑》上的名字共有以下九個：

絲畢卡・雷・傑米尼

天津夕星

黛拉可瑪莉・崗德森布萊德
納莉亞・克寧格姆
天津迦流羅
普洛海莉亞・茲塔茲塔斯基
愛蘭翎子
莉歐娜・弗拉特
佐久奈・梅墨瓦

「——也太多了吧。」

真的多過頭了。最近受到黛拉可瑪莉感化的破壞者陸陸續續誕生。不久之前上頭明明只刻著夕星、絲畢卡和黛拉可瑪莉這三人的名字，但是最近人數一口氣增加。尤其是莉歐娜、佐久奈和翎子，在數日前，她們明明還只是無害的一般人。

應該要優先打倒的果然還是那個黛拉可瑪莉・崗德森布萊德。

為了實現這點，愚者必須同心協力。

菈菈是在去年年末覺醒的——當時發生名為吸血動亂的戰爭，姆爾納特的魔核受到損傷。雖然後來又渾渾噩噩睡了大概兩、三個月左右，可是一聽說夭仙鄉的劉・盧克修米歐復活，還在常世那邊鬧出大動靜時，她的腦袋才終於清醒過來。當她清醒過來了，盧克修米歐也早已慘敗。

直到這個時候，菈菈才明白事情的嚴重性，於是發布緊急號召，希望能夠促使其他的愚者覺醒。

後來甦醒的只有白極聯邦那位，且因魔核受到些許傷害，仍處於半覺醒狀態。

剩下那三個人好像到現在都還在昏睡。

既然如此，就只能讓她這個隊長自行努力了。

無論如何她都必須找到《刻》。

「沒辦法了，去派出所看看吧。」

雖然仰賴公權力不是什麼上策，但眼下她所處的狀況讓她無法選擇手段。

菈菈邊哼著歌邊走在巷子裡。

就在那時——

「——那身打扮。妳就是『菈菈・鄧肯』對吧。」

「！」

在某間旅店的看板附近，站了一位少女。

她有著青色的頭髮，身上穿著青色的洋裝，一張臉長得跟狐狸一樣——以為自己看到鬼怪的菈菈差點發出慘叫聲，但仔細看才發現對方不過是個可疑人物罷了。

不對，這長相她有印象。

對方是姆爾納特帝國的七紅天——米莉桑德．布魯奈特。

她臉上的笑，笑得比菈菈更加倨傲，對方將背靠在牆壁上。

「原來是七紅天大將軍閣下。我不過是個行人，找我有何貴幹？」

「我現在沒空在這邊看妳裝傻——妳就是天文臺的愚者01吧？佐久奈．梅墨瓦已經把妳外貌的相關資訊都分享給我們了。」

菈菈聽了心中一驚。

為什麼？怎麼會——但事情就如稍早所述，菈菈不知道她的真實身分為何會穿幫。

對方或許是用了某種特殊的魔法——菈菈如此揣測。

自從人們的生活開始受到魔核影響後，據說魔法技術就有了飛躍性的進步。就連六百年前不存在的各色魔法也都隨之問世。

「——呵呵。假設真的是那樣好了，妳打算怎麼做？」

「當然是殺了妳——我很想這麼說，但那個海德沃斯．赫本要我『抓妳回去』。所以我會殺了妳，再抓住扔到監獄裡。」

「我們愚者沒有被登錄在魔核裡。沒辦法蒙受無限恢復的恩澤，拜託妳別殺我。」

「妳還自己招了啊。」

「反正隱瞞也沒用。」

那麼接下來，該怎麼辦才好呢？

從剛才開始，菈菈的心臟就一直撲通直跳。

理由很簡單，就是她不確定自己能否戰勝這個米莉桑德・布魯奈特。

（……嗯？）

就在那個時候，菈菈注意到一點。

從剛才開始，米莉桑德的其中一隻手就一直在擺弄一把短刀。

但那不是普通的短刀，而是讓菈菈非常眼熟的短刀。看起來很像她總是放在手裡轉來轉去把玩的殲滅外裝。應該是說根本就長得一模一樣。為什麼米莉桑德會拿著那個？難道順手牽羊的人是這位少女？原來是那樣嗎？

這時米莉桑德老謀深算地笑了。

「哎呀？是不是覺得這把短刀很眼熟？」

菈菈也跟著露出邪惡笑容。

「很難說呢？看起來就像隨處可見的短刀。」

「呀哈哈哈！當妳出現那樣的反應，一切就很明顯了——這跟劉・盧克修米歐擁有的殲滅外裝是同一種武器。換句話說，很有可能就是妳在使用的絕密兵器。」

「原來如此啊。」

看在旁人眼中，會覺得她死定了。
可是菈菈卻覺得心情越來越輕鬆。
對方還特地把敵人的武器帶過來，真是親切啊。
米莉桑德還太嫩了。雖然菈菈．鄧肯做事情也毛毛躁躁的，但她還是活得比米莉桑德久，時長多了好幾倍。因此雙方在經驗上是有差距的。
「去死吧。」
米莉桑德換拿別把短刀，朝著菈菈襲擊過去。
對了。她沒辦法使用殲滅外裝。
相對來說，菈菈．鄧肯卻能夠自由自在操控。
「——妳該學的還多著呢，米莉桑德小姐。」
「!?」
此刻菈菈緩緩舉起手。
米莉桑德臉上的表情微微地抽動了一下。
下一瞬間——
原本被收在她懷裡的《刻》失控了。
在小巷子裡，鮮紅的血液也隨之飛散開來。

☆

「～♪」

菈菈．鄧肯用鼻子哼歌，一面走在帝都的巷子裡。

她手裡握著殲滅外裝01《刻》，今後絕對不會再弄丟。只要有這樣東西，菈菈就能發揮天文臺中首屈一指的戰鬥力。

就在巷子裡，流淌著鮮紅的血液。

屍體被人扔在原地。但那也無妨，反正別人也不會知道是誰殺的。也沒有人會發現是菈菈．鄧肯在背後搞鬼。

「──不，我做的壞事已經被人發現了吧。」

感覺情況好像變得有點不妙了。

天文臺的目的是要抹殺所有破壞者。

可是以姆爾納特為首，那六個國家既然都要來攪局的話──

讓他們做點反擊也不為過吧。

設法讓他們屈服，好讓這幫人再也不敢跟天文臺作對，這樣也無可厚非啊。

當然還是必須時刻警惕，以免到頭來本末倒置。

「來吧，接下來將展開一場暗鬥——哎呀？」

就在那個時候，她帶在身上的通訊用礦石發光了。

菈菈灌注魔力接通訊息。是人在白極聯邦的伙伴以此聯繫她。

「怎麼了嗎？」

話說回來，他原本應該要定時聯繫，卻突然間中斷了。

是不是發生什麼事了？——心生疑惑的菈菈開口質問對方，但對方卻給出令人不禁瞠目結舌的答案。那個人說他單槍匹馬去暗殺普洛海莉亞．茲塔茲塔斯基，沒想到卻失敗了，還被抓進白極聯邦的監牢中關押。

菈菈這時發出一聲不為人知的嘆息。

幸好那個人已經靠殲滅外裝的力量逃脫，但只要踏錯一步，他恐怕就會像盧克修米歐那樣，再也無法東山再起。

「下次要跟其他愚者聯手行動。面對那些破壞者，不該單槍匹馬應付。」

從礦石另一頭傳來對方的賠罪聲。

既然懂得反省，那就還有進步的空間。

「你平安無事就好。接下來你會來姆爾納特對吧？那我知道了，到時再跟我一起……咦？還有其他那三個人？懂了懂了。這對我們來說也算是歪打正著吧。看樣子是銀盤在對我們微笑呢。」

對方還為菈菈帶來令人意外的情報。

總算來了。剩下的那三個人，照這樣聽來總算是出動了。

緊急召集令，他們終於注意到了。

「那我在這裡等你們，大家一起努力吧。」

在礦石的另一頭，那名伙伴靜靜點了點頭。

菈菈接著便切斷魔力，中斷通訊。

她拿著《刻》在手裡轉動，同時嘴角上揚。

天文臺的愚者有六個人，不對，是五個人。

這次可不能再像盧克修米歐那樣，一個人衝鋒陷陣。

「……？」

就在那個時候，菈菈的口袋忽然震動起來。

這個是——盧克修米歐的《縛》？

讓人不解的是，殲滅外裝居然出現反應了。

若是要確認是否適任，必須讓殲滅外裝沾染血液。

《縛》的碎片沾染到米莉桑德噴灑出來的血液。

菈菈慢慢轉過頭。

「奇怪？」

真奇怪，米莉桑德的屍體不見了。照理說她應該已經無法動彈才對。

還是說這個世界上存在能夠讓屍體自動消失的魔法？

就在那個時候，菈菈感受到一股奇妙的風壓，於是便仰頭張望。

月光已隱去。

「!?」

手裡拿著短刀的米莉桑德也跟著落了下來。

她身上傷痕累累，卻又帶著明確殺意。

那讓菈菈一時間來不及反應。

對方那把刀的刀尖也朝著菈菈的頭緩緩落下——

☆

「那既然如此，就讓我把可瑪莉大小姐寫的小說念出來吧？」

「別這樣啦!!」

薇兒在我背後偷看我寫的原稿。

我慌慌張張地站了起來，抱著那些稿紙退到房間的角落去。

現在哪有空去管這個女僕。

目前我正在為《黃昏三角戀》做最終確認。只要把這個東西送到天照樂土的出版社，再來就只要坐等書籍出版就好了。總覺得有種很不真實的感覺，但之前在天舞祭上播下的種子，如今總算要發芽了。

發售日定在八月中旬那個時候。

我的時間不是很夠用，必須快馬加鞭完成校對。

可是著急乃是大忌。為了修改錯誤，我必須仔細查看，看到都能在紙上開出一個洞才罷休。錯字跟漏字也一樣不能放過，假如幕後黑手的真實身分莫名其妙只寫到一半的話——出現那樣的紕漏可就慘不忍睹了。

「可瑪莉大小姐，要不要來玩溜溜球？」

「晚點再說。」

「我們來玩面子牌（註：此童玩獲勝法為扔牌靠風壓掀翻對手的牌令其翻面等等。）決勝負吧。獎品是冰箱裡的義式冰淇淋。」

「現在那些都不重要。」

「可瑪莉大小姐——我好無聊——若是主人都不理睬，那女僕可是一種會為此死去的生物——」

「夠了喔！想要玩的話，妳去找蘿蘿啦！」

薇兒就像隻章魚般纏繞到我身上，我把她甩開，繼續寫原稿。

今天難得可以休假不用管將軍該做的工作。

如此寶貴的時間，我怎麼能夠浪費掉。

最近發生了不少事情。像是跟莉歐娜作戰，跟翎子忽然變得親密起來，還有小克萊來我們的世界造訪，再加上發生了連續誘拐事件——雖然是那樣，如今這瞬間我還是希望能夠忘記那一切，完成我這個稀世賢者真正想做的事。

「哇，又有錯字！」

我趕緊在原稿上用紅筆訂正。

我看接下來還要再看個三遍才行。

「可瑪莉大小姐，可瑪莉大小姐。」

「可惡，看越多次就看到越多的錯字！這些字是怎樣啊！」

「可瑪莉大小姐……」

「這種表達方式，是不是怪怪的……？我看我還是再查一次字典好了。」

「可瑪莉大小姐，若是您一直都沒反應，我會揉您身上各個地方喔。」

「很好，表達正確——喔哇啊啊啊啊啊啊啊啊!?」

結果那時身上的各個角落都被女僕搓揉了，害我發出驚聲慘叫。

我身上放射出憤怒的波動，同時轉過頭去。

「啊——真是的——薇兒！晚點要陪妳怎麼玩都行，現在先安靜一下！要吃掉我的義式冰淇淋也可以！」

「但現在不是做那些事的時候，好像有稀客來訪。」

「啊？有客人……？」

這一看才發現在門那邊佇立了一位崗德森布萊德家的女僕（不是薇兒），她一臉歉疚地說了以下這段話。

「抱歉在您這麼忙碌的時候打擾。但是普洛海莉亞．茲塔茲塔斯基大人從白極聯邦那邊前來造訪……」

普洛海莉亞？

她說的普洛海莉亞，是那個很怕冷的普洛海莉亞？

☆

還真是稀客。站在崗德森布萊德家大宅入口處的是一位蒼玉種少女，明明都已經進入初夏，她卻穿著冬季服裝——這個人就是普洛海莉亞．茲塔茲塔斯基。她一看到我就喊了一聲「喔！」，朝我走了過來。

「別來無恙啊，黛拉可瑪莉。看樣子妳還沒死掉。」

「死掉……？什麼意思啊？是說我好意外喔，沒想到普洛海莉亞會來我們家。」

「我不是來開開心心喝茶的，我跟妳可不算是朋友。」

「茲塔茲塔大人，若您是來宣戰，那我們接受。」

「不要接受啦。」

「我也不是來宣戰的，我來姆爾納特是有公事要辦。」

這時我才發現普洛海莉亞身上背著很大的背包。

那是什麼啊？背這樣的行李就很像是要去旅行一樣——我覺得很疑惑，接著普洛海莉亞就回了一句：「妳在看這個啊？」朝背上的背包看了一眼。

「這些都是住宿用品。」

「住宿用品⁉」

「就是換洗衣物、枕頭和牙刷之類的。是能透過空間魔法將那些東西收納在亞空間裡，但那個空間都已經塞滿了。所以才逼不得已背了這麼大一包行李來。」

「為什麼要帶住宿用品？妳要暫時待在姆爾納特嗎？」

「對啊，我決定在黛拉可瑪莉附近待著。如果能夠住在妳家就太好了，但你們若是不願意讓其他種族的人入住，我也可以在附近露營。」

「不不，先等等啦⁉要住在我們家是無所謂，但是……」

「這樣不行，可瑪莉大小姐。我有種可攻略女角會變多的預感，麻煩把她趕回去。」

薇兒開始說些莫名其妙的話，還過來抓住我的手。

普洛海莉亞也一樣，都不知道她到底想做什麼。

「那個——妳是來辦公的吧？發生什麼事了啊？」

「唔嗯，該從哪裡開始說起……這算是機密情報，白極聯邦這邊已經展開愚者殲滅作戰。詳細情形晚點再跟妳們說明，我們發現愚者０５潛伏在姆爾納特帝國。那幫人的目標是要抹殺破壞者，也就是除掉像我或黛拉可瑪莉這類『具備資質』的人。」

普洛海莉亞那時不以為意地笑了一下，接著便盯著我看。

「妳已經被盯上了，黛拉可瑪莉。」

「喔這個啊，我是知道啦……」

「明明都知道了，還這麼悠閒啊！真不愧是黛拉可瑪莉．崗德森布萊德——但就是因為這樣，我才會特地跑來這裡。只要在妳身邊駐留，那幫人必定會主動殺過來，可以省下搜索他們的功夫。」

「可瑪莉大小姐，還是把她趕回去吧。這個蒼玉種可是想要拿可瑪莉大小姐當誘餌。」

「我哪裡是要拿人當誘餌！我是打算跟妳們齊心合力打倒愚者。若是要我順便充當護衛，我也不吝提供協助喔。」

「什麼……」

我覺得自己好像有點心動了。

之前陸續被好幾個殺人魔盯上，他們都想要我的命，在這幫人之中，天文臺的愚者算是特別脫離常軌。說老實話我原本還很不安，想說這次搞不好真的會死，但身邊若是有像普洛海莉亞這麼厲害的人跟著，那我就放心了。

於是我情不自禁握住她的手，高聲回應。

「——說、說得對！我們就齊心合力努力一番吧！」

「哇、哈、哈、哈！那這樣契約就算成立了！妳能不能快點去跟你們家的人說說，請他們下達許可，好讓我住在這間房子裡。」

「沒問題呀，我許可了！薇兒，妳去替普洛海莉亞準備一個房間。」

「我不是很想。」

「對了黛拉可瑪莉，能夠借我用一下浴室洗個澡嗎？我的身體好冷啊。」

「好啊！不嫌棄的話，要不要一起洗？啊，薇兒妳可以去幫我們燒熱水嗎？」

「我不是很想。」

「不，一起洗就不用了吧。我不打算和吸血鬼太過親近。」

「好可惜喔……對了薇兒，也幫普洛海莉亞準備一份晚餐吧。」

「我不是很想。」

就這樣，我跟普洛海莉亞之間的同盟關係成立了。

佐久奈已經找出愚者０１，再加上還有從白極聯邦入侵姆爾納特的愚者０５，雖然讓人感到無比不安，但身邊既然有普洛海莉亞在，應該就沒問題了吧——我有這種感覺。

總而言之這是個好機會，我就好好努力，跟這位少女打好關係吧。

帶著有點雀躍的心情，我回到屋子裡。

啊，我還要努力校對小說呢……

※

然而就在這一刻，菈菈·鄧肯的計畫其實已經啟動了，卻沒有人察覺。

先是米莉桑德·布魯奈特「失蹤」，再來便是其他的七紅天，甚至連六國將軍也都成了殺害目標。

因六戰姬和天文臺變得動盪起來的夏季正要揭開序幕。

（本集終）

後記

承蒙各位關照，我是小林湖底。

從七集開始，劇情上一直都是偏嚴肅的戰鬥場面，這次是時隔許久的日常篇。其作用便是為中盤戰（第七集到第十集）和銀盤戰（第十二集開始）做銜接，我早就想找機會寫寫這種主打歡樂節奏的集數，在寫的時候很開心。情況許可的話，我希望讓所有的主要角色都能夠出來獨自亮相一下，但是基於諸多考量，最後沒能實現……關於薇兒、艾絲蒂爾和普洛海莉亞的部分，希望能夠在下一集之後努力看看（只是有這個預定計畫）。可能絲畢卡會稍微提前一點寫（但這也只是預定計畫）。一旦角色變多了，要讓他們有活躍的機會也就變得困難起來。講是這樣講，這次又出現很多新的角色……另外要順便提一下，在佐久奈那一話中登場的「梅希·伯勒契斯」這號人物，其實是從漫畫版那邊逆向套用的。這個角色是先有了外型設計，到了第十一集才首次為個性之類的元素增添設定。打造成這種毒感很重的角色，不知道有沒有符合角色形象，りいちゅ老師。梅希曾經在漫畫版第一集某處稍微出現過一下子，各位若是有空可以試著找找看。

再來是遲來的答謝。

與漫畫版並行，為我們打造出美好插畫的插畫負責人りいちゅ老師，還有替可瑪莉和那些愉快伙伴們增添歡快色彩，負責裝訂工作的柊椋大人，會給予我建議，請我吃蛋包飯的責任編輯杉浦よてん大人，以及其他參與本書發行、販售工作的諸多人員，再來是將這本書拿在手裡的各位讀者，我要對你們所有人致謝——謝謝你們！那我們下回見。

國家圖書館出版品預行編目資料

家裡蹲吸血姬的鬱悶 / 小林湖底作；楊佳慧譯. -- 1版. -- 臺北市：城邦文化事業股份有限公司尖端出版：英屬蓋曼群島商家庭傳媒股份有限公司城邦分公司發行, 2024.07-
冊；　公分
譯自：ひきこまり吸血姫の悶々
ISBN 978-626-403-029-8（第11冊：平裝）

861.57　　113008063

浮文字
家裡蹲吸血姬的鬱悶11
（原名：ひきこまり吸血姫の悶々11）

著　者／小林湖底
繪　者／りいちゅ
譯　者／楊佳慧
執行長／陳君平
美術總監／沙雲佩
文字校對／施亞蒨
榮譽發行人／黃鎮隆
美術編輯／方品舒
內文排版／謝青秀
協　理／洪琇菁
執行編輯／石書豪
國際版權／高子甯、賴瑜妗

出　版／城邦文化事業股份有限公司 尖端出版
臺北市南港區昆陽街十六號八樓
電話：（〇二）二五〇〇－七六〇〇
傳真：（〇二）二五〇〇－二六八三
E-mail: 7novels@mail2.spp.com.tw

發　行／英屬蓋曼群島商家庭傳媒股份有限公司城邦分公司　尖端出版
臺北市南港區昆陽街十六號八樓
電話：（〇二）二五〇〇－七六〇〇（代表號）
傳真：（〇二）二五〇〇－一九七九

中彰投以北經銷／楨彥有限公司（含宜花東）
電話：（〇二）八九一九－三三六九
傳真：（〇二）八九一四－五五二四

雲嘉經銷／智豐圖書有限公司　嘉義公司
（嘉義公司）電話：（〇五）二三三－三八五二
傳真：（〇五）二三三－三八六三
（高雄公司）電話：（〇七）三七三－〇〇七九
傳真：（〇七）三七三－〇〇八七

南部經銷／智豐圖書有限公司 高雄公司
電話：（〇七）三七三－〇〇七九
傳真：（〇七）三七三－〇〇八七

香港經銷／一代匯集
香港九龍旺角塘尾道六十四號龍駒企業大廈十樓B&D室
電話：（八五二）二七八三－八一〇二
傳真：（八五二）二五八二－一五二九

新馬經銷／城邦（馬新）出版集團 Cite (M) Sdn. Bhd.
E-mail: cite@cite.com.my

法律顧問／王子文律師 元禾法律事務所
台北市羅斯福路三段三十七號十五樓

二〇二四年七月一版一刷

版權所有・翻印必究
■本書若有破損、缺頁請寄回當地出版社更換■

HIKIKOMARI KYUKETSUKI NO MONMON 11
Copyright © 2023 Kotei Kobayashi
Illustrations copyright © 2023 riichu
Original Japanese edition published in 2023 by SB Creative Corp.
Chinese translation rights in complex characters arranged with SB Creative Corp., Tokyo through Japan UNI Agency, Inc., Tokyo

■中文版■

郵購注意事項：
1.填妥劃撥單資料：帳號：50003021戶名：英屬蓋曼群島商家庭傳媒(股)公司城邦分公司。2.通信欄內註明訂購書名與冊數。3.劃撥金額低於500元，請加附掛號郵資50元。如劃撥日起 10～14日，仍未收到書時，請洽劃撥組。劃撥專線TEL：(03)312-4212 ・ FAX：(03)322-4621。E-mail：marketing@spp.com.tw